Freud zum Vergnügen

Freud zum Vergnügen

Herausgegeben von
Ludger Lütkehaus

Mit 5 Abbildungen

Reclam

Für Karin und Michael

RECLAMS UNIVERSAL-BIBLIOTHEK Nr. 18853

Umschlagillustration: Nikolaus Heidelbach, Köln
Umschlaggestaltung: Eva Knoll, Stuttgart
Gesamtherstellung: Reclam, Ditzingen. Printed in Germany 2016

ISBN 978-3-15-018853-8
www.reclam.de

Inhalt

Vorwort

Jenseits des Frustprinzips

Schließt der »Sigmund-Freud-Preis für wissenschaftliche Prosa«, den die Deutsche Akademie für Sprache und Dichtung alljährlich verleiht, den Preis für eine witzige Prosa ein, die dem Vergnügen an und in den Wissenschaften förderlich ist? Hält man sich an den Namengeber des Preises mit seinem sprechenden, seit je signifikant verstandenen Namen – selbst Psychoanalytiker intonieren zu fortgeschrittener Stunde gerne das Kirchenlied *Geh aus, mein Herz, und suche Freud!* –, dann liegt diese Vermutung nahe. Freud gilt sogar als höchst witziger Kopf, der kongenial vom einzigartigen britischen Humor stimuliert worden ist und im deutschen Sprachraum nur wenige seinesgleichen findet. Autoren, Herausgeber und Leser, die ihr Vergnügen in Freud suchen und vielleicht selber gerne dem Witz frönen, brauchen derlei Versprechen freilich auch, ist doch nach Freud der »witzige Kopf eine zwiespältige und zu nervösen Erkrankungen disponierte Persönlichkeit« (6,159)[1], die dringend der Aufheiterung bedarf.

Freuds Affinität zu einer witzigen Theorie und

1 Freuds *Gesammelte Werke* werden im Folgenden unter Angabe von Band und Seitenzahl zitiert (vgl. auch Textnachweise).

Praxis des Witzes ist in der Tat reich belegt. Diese Sammlung kann, wenn auch nicht immer aus dem Vollen, so doch durchweg aus dem Halbvollen schöpfen. Das Werkregister bietet ein eigenes Register der Anekdoten, Witze und Wortspiele, das eine Fülle von Nachweisen umfasst, von den Briefen, zumal den Briefen an Eduard Silberstein, an Wilhelm Fließ und den Reisebriefen[2], ganz zu schweigen. Am allerwenigsten zu vergessen sind jene beiden Titel, die Freuds Ruf als ausgesprochen witziger und unterhaltsamer Autor begründet haben: *Der Witz und seine Beziehung zum Unbewussten* und *Zur Psychopathologie des Alltagslebens*. Nach den Provokationen der *Traumdeutung* konnte er zu Recht hoffen, mit diesen beiden Werken wenigstens etwas populärer zu werden. Man amüsiert sich prächtig, was da alles zum Vorschein kommt – »zum Vorschwein«: so die vielleicht hübscheste alltagspsychopathologische Fehlleistung. Die Theorie des Witzes schließt bei Freud den Witz der Theorie allemal ein.

Dass einige seiner Witze heute schwerer verständlich sind und manchmal auch etwas abgestanden wirken, wie die obszönen, die Casino-, die Herrenwitze, ist im Wandel der Kulturgeschichte des witzigen Vergnügens unvermeidlich. Tatsächlich heikel sind indessen seine zahlreichen Judenwitze. Manche davon,

2 Vgl. Textnachweise.

zumal die obligaten Schacher-, noch mehr die Badewitze, wollen nur noch schwer von der Zunge, auch wenn man sie nicht aus Gründen humorfreier lachpolitischer Korrektheit tabuisiert. Gleichwohl: Gerade der jüdische Humor blüht bei Freud, nach Peter Gay: dem »gottlosen Juden« Freud, auf das Schönste. Und Freud hat auch den Gesichtspunkt vorgegeben, der dieses schwierige Genre legitimieren kann. »Ich weiß übrigens nicht«, notiert er in seinem Witzbuch anerkennend, »ob es sonst noch häufig vorkommt, dass sich ein Volk in solch einem Ausmaß über sein eigenes Wesen lustig macht« (6,123). Diese Anthologie wird deshalb nicht auf Freuds Judenwitze verzichten.

Auch sonst ist Freud ein begabter Witzeerzähler, nicht zuletzt ein Meister des witzigen Zitats. Die bei aller Anglophilie stark vertretene deutschsprachige Tradition kommt dabei besonders mit ihren Champions Georg Christoph Lichtenberg und Heinrich Heine zu Ehren – etwa mit Lichtenbergs Philologenporträt: »Er las immer *Agamemnon* statt *angenommen*, so sehr hatte er den Homer gelesen« (6,101), oder Lichtenbergs Zuspitzung eines Gespräches zwischen hochspezialisierten Kollegen: »›*Wie geht's?*‹ fragte der Blinde den *Lahmen*. ›Wie Sie *sehen*‹, antwortete der Lahme dem *Blinden*« (6,34) – so die kollegiale Synthese von Einfühlsamkeit, Scharfsicht und zunftspezifischer Schlagfertigkeit.

Allerdings leidet das witzige Vergnügen an Freud doch einige Einschränkungen, selbst wenn man den Begriff des »Vergnügens« nicht eng und streng, sondern mit einer gewissen Unschärfetoleranz fasst, der auch »toxische Heiterstimmungen« (6,249) anderer Art beinhaltet. Wenn die Kritik an Freud in dieser Hinsicht paradoxerweise Vergnügen bereiten kann – umso besser.

Freuds Werkregister liest sich öfter wie eine Anleitung zum gesammelten Missvergnügen: *Das Unbehagen in der Kultur, Trauer und Melancholie, Die Zukunft*, aber nur mit dem Zusatz: *einer Illusion, Über die allgemeinste Erniedrigung des Liebeslebens, Die psychischen Störungen der männlichen Potenz, Die sittliche Verantwortung für den Inhalt der Träume, Die am Erfolge scheitern, Hemmung, Symptom und Angst, Erinnern, Wiederholen und Durcharbeiten* … Und wo bleibt das Vergnügen dabei?

Vor allem der späte Freud, der den Todestrieb entdeckt und selber über anderthalb Jahrzehnte dahinstirbt, scheint wenig Vergnügliches zu verheißen. *Jenseits des Lustprinzips* kommt er an. Ja, als Mann der Wissenschaft hat er seit je eben dahin gewollt: »Die Wissenschaft«, heißt es in *Über einen besonderen Typus der Objektwahl beim Manne*, ist »die vollkommenste Lossagung vom Lustprinzip, die unserer psychischen Arbeit möglich ist« (8,67). Gute Aussichten also!

Aussichten, die noch rosiger werden, wenn man sich die Verheißung vergegenwärtigt, die schon der frühe Freud fast als therapeutisches Maximalziel annonciert: »hysterisches Elend in gemeines Unglück zu verwandeln« (1,312). Das stimmt doch hoffnungsvoll! Man darf es nur nicht die Krankenkassen wissen lassen. An Freuds hier nur noch sarkastisch sprechenden Namen braucht man unter diesen Umständen gar nicht mehr eigens zu denken.

Auch das Lachen, um das sich die Wissenschaft neuerdings manchmal geradezu verzweifelt müht, hat es in Freuds Werk nur zu einer vergleichsweise kargen Präsenz gebracht. Gewiss, es gibt das Lachen bzw. das Lächeln beim Kind und beim Kitzeln und einmal, in einer Fußnote, sogar in der Analyse (6,194); aber sonst? Da ist das eingeständliche und das »bittere« Lachen (6,194.252; 7,205). Der Lachausbruch ist das Äquivalent des fehlenden Orgasmus, »en attendant toujours quelque chose qui ne venait point«, »Es fehlt immer etwas zur vollen Entlastung und Befriedigung« (17,152). Und wenn Freuds neurotische Patienten in der Stunde lachen, so tun sie das zum Vergnügen des Analytikers deswegen, weil er ihr »verhülltes Unbewusstes« erraten und es ihnen so »getreulich« wie gnadenlos vorgeführt hat.

Manchmal lachen sie ungehörigerweise aber »auch dann, wenn der Inhalt des Enthüllten es keineswegs rechtfertigen würde« (6,194), und das, obwohl sie in der Regel nicht in die Analyse gehen, um zu lachen, sondern eher noch, um zu schweigen, weswegen sich Letzteres plausiblerweise einer größeren Beachtung in der analytischen Wissenschaft als das Lachen erfreut. Der Blick in ein populäres medizinpsychologisches Wörterbuch jedenfalls ist geeignet, die tiefernste Lage des Lachens in dieser Wissenschaft zu belegen. Von insgesamt 13 Einträgen ist gerade ein halber dem »freudigen« oder gar »lustvollen« Affekt gewidmet. Im Übrigen hat der hochgefährdete Lacher das Vergnügen, sich im »pathologischen«, im »krampfhaften« und »hysterischen«, im »triebartigen« und im »epileptischen« Lachen wiederzuentdecken, bevor ihn zum seligen Ende der »Lachschlag« ereilt.[3]

Auch bei Freud selbst stellt sich gerade bei seiner Theorie des Witzes ein gewisses Missvergnügen ein. Das hängt damit zusammen, dass, wie so oft bei Bürger Freud, auch beim Witz auf das Disziplinierteste, Fleißigste und Angestrengteste gearbeitet wird. Nur noch wenige andere Autoren sind zu nennen, höchstens noch Karl Marx und Max Weber, bei denen die Arbeit eine prominentere Rolle spielte. Um den Spitzenplatz im Ranking der Arbeiten konkurrieren bei Freud die »Trauerarbeit« und die »Traumarbeit« – Träumen heißt Arbeiten! Beim Witz ist es die analo-

3 Vgl. Uwe Henrik Peters, *Wörterbuch der Psychiatrie und medizinischen Psychologie*, München/Wien/Baltimore 1984[3], S. 323 f.

ge »Witzarbeit«.[4] Wie von der »Traumarbeit« wird auch von ihr reichlich »Verdichtungs-« und »Verschiebungsarbeit« geleistet.

Und warum, mit welchem Ziel? Um zu sparen, zu sparen und nochmals zu sparen. Mit lauter Ersparnissen treibt sich der Witz in seiner Beziehung zum Unbewussten herum – Symptom der von Freud mit dem größten wörtlichen Recht, nicht nur im metapsychologischen Sinn so genannten »ökonomischen« Betrachtungsweise. »Nicht umsonst«, um es ökonomisch zu sagen, gestattet sich Freud den Vergleich der psychischen Witz-Ökonomie »mit einem Geschäftsbetrieb« (6,175). Und er zitiert gleich auch noch Prinz Hamlet: »Es scheint alles Sache der Ökonomie zu sein« (6,43).

Doch wozu das Ganze? Um was genau zu sparen? Gemäß dem Doppelsinn, den das Wort hat, primär, um sich etwas zu *er*sparen, *»Hemmungs- oder Unterdrückungsaufwand«* nämlich (6,133 ff. u. ö.). Logisch wie psychologisch ist der Witz in diesem Sinn nichts eigentlich Positives, sondern die karge Frucht einer doppelten Negation der Negation, der Ersparung einer Hemmung eben. Die dadurch frei werdende Energie wiederum wird im zweiten Sinn des Wortes *an*gespart, ihr »Betrag« gesteigert, erhöht (6,167.200).

4 Von »›Witzarbeit‹ im herbsten Wortsinn« bei Freud schreibt Hans Conrad Zander in seiner treffsicheren Studie *Von der unwiderstehlichen Komik der Religion*, Köln 2004, S. 58.

Aber selbst mit dem glückhaften Ansparen klappt es nicht so recht; denn der »Aufwand der Witzarbeit zieht sich in jedem Falle von dem Gewinn bei der Aufhebung der Hemmung ab« (6,167 f.). Übrigens ist das nach Freud auch der Fall, wenn einem in Bezug auf den Witz »ein Aufwand an Denkarbeit zugemutet wird« (6,168). Man ist also gut beraten, damit hauszuhalten! Kurzum: Auf einen Exzess an Heiterkeit hatte man womöglich gehofft. Und findet sich unverhofft in der Gesellschaft eines Witzökonomen wieder.

Die Schlussfolgerungen für die Witzpsychologie der Nationalcharaktere, etwa der Deutschen, sind verblüffend. Nach einem weit verbreiteten Urteil oder Vorurteil nämlich gelten sie als ebenso sparsames wie – trotz Lichtenberg und Heine – eher witzloses und humorfreies Volk. Nach der Sparlogik von Freuds Witztheorie aber entpuppen sie sich ganz im Gegenteil als außerordentlich verschwenderisch. Warum? Eben weil sie keine Witze machen. Sie nutzen ihre witzigen Sparmöglichkeiten nicht.

Was aber macht man mit der Energie, die durch die Ersparung des Hemmungsaufwandes frei geworden ist? In Übereinstimmung mit der Lachphysiologie Herbert Spencers, für die »das Lachen ein Phänomen der Abfuhr seelischer Erregung« ist (6,163 f.), übereinstimmend auch mit dem von Freud hochgeschätzten Theodor Lipps, der erfreut beobachtet, »dass die ›Entladung‹ um so stärker ausfällt, je höher die vorherige Stauung war« (6,173), erklärt Freud: Die freie psychische Energie wird erledigt, abgeführt, ja, welch grauenvolles Wort, »abgelacht«[5] (6,167). Das Lachen ist sozusagen ein Abführmittel, Lachen ist Ablachen, das Ablachen dessen, was der Witz als Hemmungsaufwandsersparer und Energieansparer in die Lachsparkasse, ins Beamtenheimstättenwerk des Lachens eingebracht hat. Es fehlte nur noch, dass Freud erklärte, Lachen sei gesund.

Von jener verschwenderischen, selbstverschwenderischen, jener unbändigen anarchischen, bauchfell- und gesellschaftserschütternden Lachlust, die Michail Bachtin so emphatisch vergegenwärtigt hat – dieser Klassiker der Lach- als Gegenkultur hat freilich selbst inzwischen nach einer herben historischen Kritik[6] nichts mehr zu lachen –, von dieser

5 Das ist in der Witz- und Lachtheorie der Tribut, den Freud für sein homöostatisches Triebmodell entrichtet, das dem »psychischen Apparat« die Tendenz zuschreibt, Spannung möglichst gering zu halten und unverzüglich für Reizabfuhr und Spannungsreduktion zu sorgen. Freud wird dieses Modell, das ihn zeitweise dazu führt, Lustprinzip und Todestrieb zusammenzufassen, erst in dem Moment revidieren, wo er einräumt, dass es auch »lustvolle Spannungen« gibt (13,372).

6 Neuerdings vehement im Anschluss an die historische und philologische Kritik: Dirk Schümer, »Lachen mit Bachtin – ein geisteshistorisches Trauerspiel«, in: *Merkur*, 56. Jg., H. 641/642: *Lachen. Über Westliche Zivilisation*, Stuttgart 2002, S. 847–853. Bachtins Antidot gegen den Stalinismus als kritische Lachutopie zu lesen, bleibt weiterhin unbenommen.

Lachlust ist bei Freud wenig zu spüren. Arbeiten, Sparen und Abführen: so lautet vielmehr der Tritonus der Freud'schen Witzökonomie.

Nun mag man darauf verweisen, dass es auch bei Freud das »explosionsartig« genannte Lachen gibt (6,88), das sich mehr als einem kümmerlichen Sparresultat verdankt und, durchaus in Bachtins karnevaleskem, saturnalienhaftem Geist (13,147), sich vom Witze »flüstern« lässt, »dass die Wünsche und Begierden des Menschen ein Recht haben«, sich gegen die Autorität aufzulehnen und »neben der anspruchsvollen und rücksichtslosen Moral« vernehmbar zu machen (6,115.121). Insofern zeigt Freud auch hier jenes Doppelgesicht, das er oft zeigt: von Revolutionär und Dompteur, Befreier und Ver-Sager, Überschwemmer und Trockenleger (der Zuidersee), Feuerwerker und Feuerwehrmann mit analytischem Löschfahrzeug. Schwerlich aber mag man sich überzeugen, das Lachen sei ein »Ablachen« und Hemmungslosigkeit »ersparter Hemmungsaufwand«. Sie unterscheiden sich vielmehr etwa so wie Potlatch und Energiewirtschaft, Bachtin'scher Carneval und Casino, kurz: wie Anti-Ökonomie und Witzökonomie.

Gottlob! und Freudseidank! fehlt es indessen nicht an ganz anderen Impulsen. Schon am Schluss des Witzbuches wird eine Perspektive eröffnet, die die bescheidenen Ersparnisse erwachsener Witzarbeit zugunsten einer befreienden, existentiell vertieften

Regression hinter sich lässt. Witz, Komik und Humor »kommen darin überein, dass sie Methoden darstellen, um aus der seelischen Tätigkeit eine Lust wiederzugewinnen, welche [...] erst durch die Entwicklung dieser Tätigkeit verlorengegangen ist« (6,269) – ein wahrhaft dialektischer Satz, mit dem Freud den reichen Gewinn erwachsener Reifeprozesse bilanziert, à la recherche du plaisir perdu. Und er fährt fort: »[...] die Euphorie, welche wir auf diesen Wegen zu erreichen streben, ist nichts anderes als die Stimmung einer Lebenszeit, in welcher wir unsere psychische Arbeit überhaupt mit geringem Aufwand zu bestreiten pflegten, die Stimmung unserer Kindheit, in der wir das Komische nicht kannten, des Witzes nicht fähig waren und den Humor nicht brauchten, um uns im Leben glücklich zu fühlen« (ebd.).[7]

Zumal die Humor-Theorie des späten Freud wird von dieser Verbindung zur »Stimmung unserer Kindheit« inspiriert. Ausgerechnet er, der »jenseits des Lustprinzips«, beim »Unbehagen in der Kultur« ein-

7 In Bezug auf die Inkompatibilität von Kindheit, Komischem und Witz ist das freilich eine problematische These. Freud widerspricht sich denn auch in dieser Hinsicht öfter selbst. Seine These ist plausibel nur, wenn man sie auf das Sentimentalisch-Komische der Erwachsenen bezieht; das »Naiv-Komische« lässt er in bestimmten Fällen für die Kinder gelten. Ohne dass er es explizierte, sind seine Überlegungen von den dichotomischen Schiller'schen Kategorien inspiriert.

schließlich der Witzkultur, anzukommen scheint, berührt nun ganz andere als bloß »ökonomische« Saiten. Der Verdüsterung der Triebtheorie entspricht nicht etwa eine Verabschiedung, sondern eine Vertiefung und Steigerung des Vergnügens im Zeichen des Humors, gerade weil sich dieser aus dem Abgründigen speist. Sein Inbegriff ist der Galgenhumor.

In seiner kleinen Schrift über den Humor, die so bedeutend ist wie auf der anderen Seite die über *Trauer und Melancholie*, kehrt Freud 1927, 22 Jahre nach dem Witzbuch, 4 Jahre nach der Diagnose seiner Krankheit, 7 Jahre nach dem einschneidenden Theoriewechsel von 1920 bis 1923 wieder zu den Themen von 1905 zurück – und dabei auch zu dem schon im Witzbuch erzählten, buchstäblich galgenhumoristischen Witz von dem Hinrichtungskandidaten, der am Montag zur Exekution geführt wird und sich, wenn auch mit einem gewissen Understatement, freut: »Na, diese Woche fängt gut an« (6,261; 14,383). »Es ist immerhin auffällig«, kommentiert Freud einsichtsvoll, »wie wenig Beispiele von als solchen anerkannten Witzen den Autoren für ihre Untersuchungen genügen, und wie ein jeder die nämlichen von seinen Vorgängern übernimmt« (6,12). Unter diesen Umständen lacht man »zuletzt bei der Erinnerung gelacht zu haben« (6,250). Abgesehen von kleineren Variationen – aus dem »Spitzbuben« wird nun der »Delinquent«, aus der »Exekution« mit peinlicher

Konkretheit der »Galgen« – ist die Pointe die gleiche wie im Witzbuch. Auch die »ökonomische« Deutung wird nicht etwa widerrufen: Die »humoristische Lust« beim Zuhörer soll aus »erspartem Gefühlsaufwand« an Mitleid mit dem Delinquenten resultieren. Aber erspart der Scherz wirklich den Schmerz? Eher scheint es so, dass gerade der Galgenhumor des Delinquenten die Teilnahme für ihn rege macht. Der Witz erspart nichts – er lässt partizipieren, am Scherz wie am Schmerz.

Allerdings relativiert Freud selbst die frühere Betrachtungsweise: er hat »den Humor eigentlich *nur* vom ökonomischen Gesichtspunkt behandelt« (14,383; Hervorhebung L. L.). Auch die Wertschätzung des Humors hat sich verändert. Das Witzbuch schwankt zwischen der Wertung des Humors als einer »der höchsten psychischen Leistungen«, welche »die besondere Gunst der Denker genießt« und auch Freud »großartig« erscheint, und der Degradierung zu der »genügsamsten unter den Arten des Komischen«, zumal des »sogenannten Galgenhumors« als des »gröbsten Falles des Humors« (6,260 f.).

Hier hingegen ist »die humoristische Einstellung« zu einer »köstlichen und seltenen Begabung« geworden (14,389). Nicht nur »großartig«, sondern auch »befreiend« und »erhebend« ist der Humor (14,385). Ja, mit der zentralen ethisch-ästhetischen Kategorie seit Kant und Schiller hat er in der »Seelengröße«, die sich souverän gegen die drohende Verzweiflung behauptet, eine »Würde, die z. B. dem Witze völlig abgeht« (14,386). Um es so paradox wie möglich zu sagen: Humor ist eine grandiose Distanzierungsleistung, mit der sich der späte Freud voll identifiziert.

In einem Punkt freilich widerspricht er der früheren Einschätzung. Während man im Witzbuch über die galgenhumoristischen Kandidaten »aus vollen Halse lachen« soll (6,262), gibt sich nun »die humoristische Lust [...] niemals im herzhaften Lachen« aus (14,388 f.). Buster Keaton, der Stummfilmstar, der nie das Gesicht verzog, scheint das Modell für den Humor zu sein.

Jetzt aber kommen andere Aspekte zu den nurökonomischen Gesichtspunkten hinzu, metapsychologisch gesehen die dynamischen, topischen und genetischen Aspekte im Rahmen von Freuds neuem Strukturmodell »Es – Ich – Über-Ich« für den »psychischen Apparat«. Der letzte Begriff, der leider zu den Konstanten von Freuds Werk zählt, vom frühen kruden *Entwurf einer Psychologie* bis zum *Abriss der Psychoanalyse*, stimmt etwa so heiter wie die seelische Trieb- und Müll-»Abfuhr« und das »Ablachen«.

Aber es gibt auch Vergnüglicheres. Indem der Delinquent, der weiß, dass er in Kürze etwas wahrhaft Erhebendes, nämlich die Erhebung durch den Galgen, erleben wird, den guten Anfang einer Woche preist, die für ihn mit diesem Montag enden wird, feiert er nach Freud einen großartigen »Triumph des Narzissmus in der siegreich behaupteten Unverletzlichkeit des Ichs« durch »die reale Welt« (14,385). Dieser Triumph verschafft dem Humoristen grandioseste Wahlverwandtschaften: In Freuds Aufsatz *Zur Einführung des Narzissmus* steht er mit dem narzisstischen Weib, den großen Raubkatzen und dem »großen Verbrecher« in einer Reihe (10,155). »Das Ich verweigert es, sich durch die Veranlassungen aus der Realität kränken, zum Leiden nötigen zu lassen, es beharrt dabei, dass ihm die Traumen der Außenwelt nicht nahe gehen können, ja es zeigt, dass sie ihm nur Anlässe zum Lustgewinn sind« (14,385). Dynamisch gesehen zeigt sich hier also ein doppelter Triumph des Ichs und des Lustprinzips, »das sich hier gegen die Ungunst der realen Verhältnisse« – gewiss eine zutreffende Beschreibung der Situation am Galgen – »zu behaupten vermag« (ebd.).

Der doppelte Triumph wird zwar etwas heruntergespielt, wenn Freud den Humor »trotzig« nennt (ebd.). Dieses eher infantile Moment hindert aber nicht, dass der Delinquent in seiner Eigenschaft als Humorist sich selbst gegenüber aus topischer und genetischer Perspektive die Rolle einnimmt, die der »Erwachsene« als Repräsentant des Über-Ichs (das ist hier wie auch sonst bei Freud primär der Vater) gegenüber dem Kind einnimmt, »indem er die Interessen und Leiden, die diesem groß erscheinen, in ihrer Nichtigkeit erkennt und belächelt« (14,386) – »belächelt«, nicht belacht und »ablacht«. Mit dem »Anzengruberschen Steinklopferhanns« sagt Freud wie Wittgenstein: »Es kann dir nix g'scheh'n« (10,351). Das Über-Ich, sonst ein »gestrenger Herr« (14,388), nur allzu oft ein Sadist, der den Delinquenten der Todesangst und dem Zähneklappern vor dem jüngsten Gericht überantworten könnte, ja, »wie eine Reinkultur des Todestriebes« (13,283) in seiner aggressivsten Form ist, dieses Über-Ich zeigt sich von seiner Ich-freundlichsten, Lust-freudigsten Seite. Im Humor spricht es geradezu »liebevoll tröstlich zum eingeschüchterten Ich [...]: ›Sieh' her, das ist nun die Welt, die so gefährlich aussieht. Ein Kinderspiel, gerade gut, einen Scherz darüber zu machen!‹« (14,389).

Nun sieht die Welt des Delinquenten wahrhaftig nicht bloß gefährlich aus – sie ist es, sie ist sogar tödlich. Und ein »Kinderspiel« wird man sie auch nicht gerade nennen wollen – es sei denn, man wollte sich mit dem Titel einer von Freud zitierten Nestroy'schen Posse »einen Jux machen« (6,92), oder der Delinquent machte sich selbst zum scherzhaften »Kinderspiel«. Aber eben das tut er in seiner Eigenschaft als Humorist mit dem Segen des Über-Ichs. Das ist der Beitrag des Über-Ichs zum Humor. Und das ist der Beitrag des Humors zur Humanisierung des Über-Ichs. Vorausgesetzt ist dabei freilich, dass man die Instanzen in ihrem humoristischen Zusammenspiel überhaupt so sondern kann – vielleicht ist die souveräne Geste des Ichs gegenüber der Welt doch das Entscheidende.

Wie auch immer: Die überragende Bedeutung der kleinen Schrift von 1927 liegt darin, dass sie Freuds harte, im Zeichen der Verwerfung, der Versagung und Verurteilung operierende Instanzenlehre in ein versöhnlicheres, milderes, altersmildes Licht taucht. Glücklicherweise haben wir, wie Freud in Aussicht stellt, »noch allerlei über das Wesen des Über-Ichs zu lernen« (14,389). »Wenn das Über-Ich durch den Humor das Ich zu trösten und vor Leiden zu bewahren strebt, hat es damit seiner Abkunft von der Elterninstanz nicht widersprochen«. Kurzum: Der aus allen Seelenregistern gespeiste Humor ist nicht *die* »via regia«, aber eine der anziehendsten Methoden, »die das menschliche Seelenleben ausgebildet hat, um sich dem Zwang des Leidens zu entziehen« (14,385).

Der Delinquent aber, der da von Freud so wohlwollend begleitet wird, ist buchstäblich »letzten Endes« jedes Ich, das zum Tode muss. Der Humor gewinnt dem todbestimmten Leben seinen Heiterkeitsaspekt ab. Wenn der späte Freud den Todestrieb und zugleich die abgründigsten wie die freundlichsten Dimensionen des Humors entdeckt, so kann man das getrost so deuten: Der Galgenhumor ist der Beitrag des Todestriebs zur finalen Komik des Lebens. Er sieht den Menschen so an, wie einer der philosophischen Hausgötter Freuds, wie Arthur Schopenhauer, selbst ein begnadeter Galgenhumorist, den Menschen anzusehen empfohlen hat, nämlich eben als einen Delinquenten, den man zum Hochgericht führt, nicht an einem bestimmten fatalen Wochenanfang, sondern ein ganzes Leben lang, und der gerade da seine nicht totzukriegenden Scherze macht.

Indes sind nach Freud »nicht alle Menschen der humoristischen Einstellung fähig« (14,389), obwohl doch alle sterben. Er selbst war ihrer auf seine alten Tage im höchsten Maße fähig. Das zeigt exemplarisch das bekannte, von Martin Freud überlieferte, wiewohl neuerdings in Zweifel gezogene Attest für die Gestapo bei der Ausreise aus Wien 1938: »Ich kann die Gestapo jedermann auf das beste empfehlen.«[8] Selten wohl sind schwärzester Humor und die bis zur Selbstgefährdung gehende sarkastische Selbstbehauptung eines souveränen Ichs eine eindrucksvollere Verbindung eingegangen. Aber der späte Freud kennt auch die finale altersironische Heiterkeit: »Mir geht«, schreibt er in seinem Brief vom 13. August 1937 an Marie Bonaparte, »ein ›advertisement‹ im Kopf herum, das ich für das kühnste und gelungenste Stück amerikanischer Reklame halte:

8 Zit. nach: Peter Gay, *Freud. Eine Biographie für unsere Zeit*, Frankfurt a.M. 1989, S. 707.

›Why live, if you can be buried for ten dollars?‹«[9] »Warum denn leben, wenn man für zehn Dollars beerdigt werden kann?« Diese Maxime hat sogar den Vorzug, dass sie sich mit der nicht weniger galgenhumoristischen Analyse des Lachens bei Immanuel Kant trifft: Es resultiert aus »der plötzlichen Verwandlung einer Erwartung in nichts«.[10]

Doch seit langem schon explodieren auch die Begräbnispreise. Vermutlich deswegen leben die Menschen in ihrer Eigenschaft als Sparer immer länger. Sollte man unter diesen Umständen die Sache nicht besser gleich von der anderen Seite her anfangen? *»Niemals geboren zu werden«*, notiert Freud mit den *Fliegenden Blättern, »wäre das beste für die sterblichen Menschenkinder«*, die dann keine wären. *»Aber«*, fügt er unverzüglich hinzu, *»unter* 100 000 *Menschen passiert dies kaum einem«* (6,60). Es empfiehlt sich also, dass sich die Menschenkinder für alle Fälle ihren humoristischen Reim machen.

Die folgende Sammlung versucht das mit einer Blütenlese aus Freuds Werken und Briefen zu erleichtern. Dass seine Texte und Theoreme gelegentlich auch unfreiwillig vergnüglich werden, zumal dort, wo die psychoanalytische Deutungswut – eine

9 Zit. nach: Ernest Jones, *Das Leben und Werk von Sigmund Freud*, Bd. 3, Bern/Stuttgart 1962, S. 536 f.

10 *Kritik der Urteilskraft*, § 54. Freud zitiert in 6,227 nach der Fassung von Theodor Lipps.

Art von hermeneutischem Imperialismus – den Analytiker packt oder der Mann in Freud immer wieder »das in einem entscheidenden Punkt verkürzte Geschlecht« so kastriert, dass es gar nicht mehr kastriert werden kann, muss dabei kein Hindernis sein.

Die Sammlung beginnt mit Freud als Witz-Theoretiker und Witz-Erzähler. Dann wendet sie sich der ergiebigen *Psychopathologie des Alltagslebens* zu. Leider kann die Anthologie noch nicht antizipieren, wie die Psychopathologie des Autor-, Lektor-, Setzer- und Korrektor-Lebens sich auch in ihr dokumentieren wird.

Das dritte Kapitel demonstriert an Freuds Sexualtheorie, welche Vergnügen, aber auch welche Klippen der Menschen harren, wenn diesseits des Lustprinzips, jenseits des Frustprinzips ihre prekäre Triebheimat liegt. Der süchtige Freud ist dabei durchaus miteingeschlossen.

Freuds analytische Beziehung zum »dark continent« der weiblichen Sexualität (viertens) ist eines der afrikanisch dunklen Kapitel seiner Psychoanalyse. Aber man unterschätze das Potential seiner Fehlleistungen nicht, wenn sie »gegen den Strich« gelesen werden.

Nach dem Weib das Kind! Das fünfte Kapitel wendet sich seinem Triebschicksal zu. Es zeigt, welche Auszeichnung darin liegt, dass Freud die frühkindliche sexuelle Lust entdeckt. Aber es dokumentiert auch an der bewegendsten, zugleich witzigsten aller Kinderanalysen, der des »kleinen Hans«, welch bewundernswerte Eigentore die auf den Schematismus einer Orthodoxie reduzierte Psychoanalyse schießen kann: Fabelhaft, wie der große »kleine Hans« sich als der wahre Uranalytiker der moralischen und hermeneutischen Übergriffe der Erwachsenen erwehrt.

Ein reines Vergnügen, seinerzeit für den Autor, heute für die Leser, bieten im sechsten Kapitel Freuds Reisebriefe. Sie korrigieren das Bild vom unvergnügten, unvergnüglichen Freud rundum: eine ideale Reiselektüre!

Das Ende aller Reisen bleibt unterdessen gewiss. Deswegen leitet das letzte, das siebte Kapitel mit dem Galgenhumoristen Freud zum Anfang zurück. Den Philosophen Freud, der er in seiner Gymnasialzeit und noch zu Anfang seiner Studien war und der er untergründig, vor allem in seiner Metapsychologie und als Todestriebtheoretiker geblieben ist, erlebt man im schwarzen Humor des stoischen Lebens- und Sterbensphilosophen »at his best«. »Es kann dir nix g'scheh'n«, wie tröstlich! Und überhaupt: wer zuletzt lacht, lacht am besten. Die Frage höchstens: Wer *lacht* denn zuletzt?

I

»Das Lachen gehört zu den im hohen Grade ansteckenden Äußerungen«

Ein neuer Witz wirkt fast wie ein Ereignis von allgemeinstem Interesse; er wird wie die neueste Siegesnachricht von dem einen dem anderen zugetragen.

Von jeher liebte man es, den Witz als die Fertigkeit zu definieren, Ähnlichkeiten zwischen Unähnlichem, also versteckte Ähnlichkeiten zu finden. Jean Paul hat diesen Gedanken selbst witzig so ausgedrückt: »Der Witz ist der verkleidete Priester, der jedes Paar traut.« Th. Vischer fügt die Fortsetzung an: »Er traut die Paare am liebsten, deren Verbindung die Verwandten nicht dulden wollen.«

Ich will gern auf alle von der Gesellschaft verpönten Wege der Befriedigung verzichten, aber bin ich sicher, dass mir die Gesellschaft diese Entsagung lohnen wird, indem sie mir – wenn auch mit einem gewissen Aufschub – einen der erlaubten Wege öffnet? Es lässt sich laut sagen, was diese Witze flüstern, dass die Wünsche und Begierden des Menschen ein Recht haben, sich vernehmbar zu machen neben der anspruchsvollen und rücksichtslosen Moral, und es ist in unseren Tagen in nachdrücklichen und packenden Sätzen gesagt worden, dass diese Moral nur die eigennützige Vorschrift der wenigen Reichen und Mächtigen ist, welche jederzeit ohne Aufschub ihre Wünsche befriedigen können. Solange die Heilkunst es nicht weiter gebracht hat, unser Leben zu sichern, und solange die sozialen Einrichtungen nicht mehr dazu tun, es erfreulicher zu gestalten, so lange kann die Stimme in uns, die sich gegen die Moralanforderungen auflehnt, nicht erstickt werden. Jeder ehrliche Mensch wird wenigstens bei sich dieses Zugeständnis endlich machen.

Ein Einbruch ist geschehen. Ein Mann wird als Täter verurteilt, in dessen Besitz ein Dietrich gefunden wurde. Nach der Urteilsverkündigung befragt, ob er etwas zu bemerken habe, verlangt er auch wegen Ehebruchs bestraft zu werden, denn das Werkzeug dazu habe er auch bei sich.

»Bierschwefel« und »Kneipzeitung« legen in ihrem Namen Zeugnis dafür ab, dass die Kritik, welche die Lust am Unsinn verdrängt hat, bereits so stark geworden ist, dass sie ohne toxische Hilfsmittel auch nicht zeitweilig beiseite geschoben werden kann. Die

Veränderung der Stimmungslage ist das Wertvollste, was der Alkohol dem Menschen leistet, und weshalb dieses »Gift« nicht für jeden gleich entbehrlich ist. Die heitere Stimmung, ob nun endogen* entstanden oder toxisch erzeugt, setzt die hemmenden Kräfte, die Kritik unter ihnen, herab und macht damit Lustquellen wieder zugänglich, auf denen die Unterdrückung lastete. Es ist überaus lehrreich zu sehen, wie die Anforderungen an den Witz mit einer Hebung der Stimmungslage sinken. Die Stimmung ersetzt eben den Witz, wie der Witz sich bemühen muss, die Stimmung zu ersetzen, in welcher sich sonst gehemmte Genussmöglichkeiten, unter ihnen die Lust am Unsinn, geltend machen.

»Mit wenig Witz und viel Behagen.«

Unter dem Einfluss des Alkohols wird der Erwachsene wieder zum Kinde, dem die freie Verfügung über seinen Gedankenablauf ohne Einhaltung des logischen Zwanges Lust bereitet.

Weihnachtszeit [...] »the alcoholidays«.

Das Lachen gehört zu den im hohen Grade ansteckenden Äußerungen psychischer Zustände; wenn

* Im Körper entstehend, von innen kommend.

Lachender Buddha

Chinesische Jadefigur, Ende 19. oder Anfang 20. Jh. Geschenk Freuds an Gertrude Neubauer von der Spedition Bäuml, die 1938 bei der Emigration Freuds nach London den Transport seiner Antikensammlung besorgte

ich den anderen durch die Mitteilung meines Witzes zum Lachen bringe, bediene ich mich seiner eigentlich, um mein eigenes Lachen zu erwecken.

Ich möchte sagen, seitdem die Post erfunden ist, klingen die Ohren nicht mehr. Dass ich nun für unsere Briefe eine launige Form gewählt habe, hängt damit zusammen, dass ich die 6 Wochentage hindurch, seitdem ich das Tagebüchnern aufgegeben, keine Gelegenheit habe, das bisschen Humor und gute Laune, die man doch neben allem andern in 6 Tagen erzeugt, irgendwo abzulagern, womit nicht gesagt sein soll, dass ich aus meinem Brief ein Narrenhaus machen will. Du selbst verfügst über einen ansehnlichen Vorrat von Witz und Ironie, warum sollen ihre Äußerungen nicht einem Freund zugute kommen, dem der Humor davon [...] über alles geht?

Ein Mann, der verreisen muss, vertraut seine Tochter einem Freunde an mit der Bitte, während seiner Abwesenheit über ihre Tugend zu wachen. Er kommt nach Monaten zurück und findet sie geschwängert. Natürlich macht er dem Freund Vorwürfe. Der kann sich den Unglücksfall angeblich nicht erklären. »Wo hat sie denn geschlafen?« fragt endlich der Vater. – »Im Zimmer mit meinem

Sohn.« – »Aber wie kannst du sie im selben Zimmer mit deinem Sohn schlafen lassen, nachdem ich dich so gebeten habe, sie zu behüten?« – »Es war doch eine spanische Wand zwischen ihnen. Da war das Bett von deiner Tochter, da das Bett von meinem Sohn und dazwischen die spanische Wand.« – »Und wenn er um die spanische Wand herumgegangen ist?« – »Außer das«, meint der andere nachdenklich. »So wäre es möglich.«

Einem bekannten Universitätslehrer, der sein wenig anmutendes Spezialfach reichlich mit Witzen zu würzen pflegt, wird zur Geburt seines jüngsten Kindes gratuliert, das ihm in bereits vorgerücktem Alter beschieden wurde. »Ja«, erwiderte er den Glückwünschenden, »es ist merkwürdig, was Menschenhände zustande bringen können.«

Der Schadchen verteidigt das von ihm vorgeschlagene Mädchen gegen die Ausstellungen des jungen Mannes. »Die Schwiegermutter gefällt mir nicht«, sagt dieser, »sie ist eine boshafte, dumme Person.« – »Sie heiraten doch nicht die Schwiegermutter, Sie wollen die Tochter.« – »Ja, aber jung ist sie nicht mehr und schön von Gesicht gerade auch nicht.« – »Das macht nichts; ist sie nicht jung und schön, wird Sie

Ihnen um so eher treu bleiben.« – »Geld ist auch nicht viel da.« – »Wer spricht vom Geld? Heiraten Sie denn das Geld? Sie wollen doch eine Frau!« – »Aber sie hat ja auch einen Buckel!« – »Nun, was wollen Sie? Gar keinen Fehler soll sie haben!«

Der Bewerber hat auszusetzen, dass die Braut ein kürzeres Bein hat und hinkt. Der Schadchen widerspricht ihm. »Sie haben unrecht. Nehmen Sie an, Sie heiraten eine Frau mit gesunden, geraden Gliedern. Was haben Sie davon? Sie sind keinen Tag sicher, dass sie nicht hinfällt, ein Bein bricht und dann lahm ist fürs ganze Leben. Und dann die Schmerzen, die Aufregung, die Doktorrechnung! Wenn Sie aber die nehmen, so kann Ihnen das nicht passieren; da haben Sie eine fertige Sach'.«

»Der Bräutigam ist bei der Vorstellung der Braut sehr unangenehm überrascht und zieht den Vermittler beiseite, um ihm flüsternd seine Ausstellungen mitzuteilen. ›Wozu haben Sie mich hiehergebracht‹, fragt er ihn vorwurfsvoll. ›Sie ist hässlich und alt, schielt und hat schlechte Zähne und triefende Augen …‹ – ›Sie können laut sprechen‹, wirft der Vermittler ein, ›taub ist sie auch.‹«

Der Vermittler fragt: »Was verlangen Sie von Ihrer Braut?« – Antwort: »Schön muss sie sein, reich muss sie sein und gebildet.« – »Gut«, sagt der Vermittler, »aber daraus mach' ich drei Partien.«

»Der Bräutigam macht mit dem Vermittler den ersten Besuch im Hause der Braut, und während sie im Salon auf das Erscheinen der Familie warten, macht der Vermittler auf einen Glasschrank aufmerksam, in welchem die schönsten Silbergeräte zur Schau gestellt sind. ›Da schauen Sie hin, an diesen Sachen können Sie sehen, wie reich diese Leute sind.‹ – ›Aber‹, fragt der misstrauische junge Mann, ›wäre es denn nicht möglich, dass diese schönen Sachen nur für die Gelegenheit zusammengeborgt sind, um den Eindruck des Reichtums zu machen?‹ – ›Was fällt Ihnen ein?‹ antwortet der Vermittler abweisend. ›Wer wird denn den Leuten was borgen!‹«

Wiederum ein Judenwitz, an dem aber nur das Beiwerk jüdisch ist, der Kern ist allgemein menschlich. [...]

»Ein Verarmter hat sich von einem wohlhabenden Bekannten unter vielen Beteuerungen seiner Notlage

25 fl.* geborgt. Am selben Tage noch trifft ihn der Gönner im Restaurant vor einer Schüssel Lachs mit Mayonnaise. Er macht ihm Vorwürfe: ›Wie, Sie borgen sich Geld von mir aus und dann bestellen Sie sich Lachs mit Mayonnaise. Dazu haben Sie mein Geld gebraucht?‹ ›Ich verstehe Sie nicht‹, antwortet der Beschuldigte, ›wenn ich kein Geld habe, kann ich nicht essen Lachs mit Mayonnaise, wenn ich Geld habe, darf ich nicht essen Lachs mit Mayonnaise. Also wann soll ich eigentlich essen Lachs mit Mayonnaise?‹«

Ein Schnorrer trägt dem reichen Baron seine Bitte um Gewährung einer Unterstützung für die Reise nach Ostende vor; die Ärzte hätten ihm Seebäder zur Herstellung seiner Gesundheit empfohlen. »Gut, ich will Ihnen etwas dazu geben«, meint der Reiche, »aber müssen Sie gerade nach Ostende gehen, dem teuersten aller Seebäder?« – »Herr Baron«, lautet die zurechtweisende Antwort, »für meine Gesundheit ist mir nichts zu teuer.«

Ein Herr kommt in eine Konditorei und lässt sich eine Torte geben; bringt dieselbe aber bald wieder

* Abk. für Florin (»Florentiner Gulden«).

und verlangt an ihrer Statt ein Gläschen Likör. Dieses trinkt er aus und will sich entfernen, ohne gezahlt zu haben. Der Ladenbesitzer hält ihn zurück. »Was wollen Sie von mir?« – »Sie sollen den Likör bezahlen.« – »Für den habe ich Ihnen ja die Torte gegeben.« – »Die haben Sie ja auch nicht bezahlt.« – »Die habe ich ja auch nicht gegessen.«

A hat von B einen kupfernen Kessel entlehnt und wird nach der Rückgabe von B verklagt, weil der Kessel nun ein großes Loch zeigt, das ihn unverwendbar macht. Seine Verteidigung lautet: »Erstens habe ich von B überhaupt keinen Kessel entlehnt; zweitens hatte der Kessel bereits ein Loch, als ich ihn von B übernahm; drittens habe ich den Kessel ganz zurückgegeben.«

Itzig ist zur Artillerie assentiert* worden. Er ist offenbar ein intelligenter Bursche, aber ungefügig und ohne Interesse für den Dienst. Einer seiner Vorgesetzten, der ihm wohlgesinnt ist, nimmt ihn beiseite und sagt ihm: »Itzig, du taugst nicht zu uns. Ich will dir einen Rat geben: Kauf' dir eine Kanon' und mach' dich selbständig.«

* Auf Militärdiensttauglichkeit untersucht werden.

[...] einer der »Badewitze«, welche die Badescheu der Juden in Galizien behandeln. Wir verlangen nämlich keinen Adelsbrief von unseren Beispielen, wir fragen nicht nach ihrer Herkunft, sondern nur nach ihrer Tüchtigkeit, ob sie uns zum Lachen zu bringen vermögen und ob sie unseres theoretischen Interesses würdig sind. Beiden diesen Anforderungen entsprechen aber gerade die Judenwitze am besten.

Zwei Juden treffen in der Nähe des Badehauses zusammen. »Hast du genommen ein Bad?« fragt der eine. »Wieso?« fragt der andere dagegen, »fehlt eins?«

Durchsichter noch, weil frei von jeder Spur von Verschiebung, sind zwei Judenwitze, allerdings von grobem Kaliber.

Zwei Juden sprechen über das Baden. »Ich nehme jedes Jahr ein Bad«, sagt der eine, »ob ich es nötig habe oder nicht.«

Ein Jude bemerkt Speisereste am Bart des anderen. »Ich kann dir sagen, was du gestern gegessen hast.« – »Nun, sag'.« – »Also Linsen.« – »Gefehlt, vorgestern!«

Nun wieder einmal die beiden Juden vor dem Badehause! »Schon wieder ein Jahr vergangen!« seufzt der eine.

Der Schnorrer, der alle Sonntage in demselben Haus als Gast zugelassen wird, erscheint eines Tages in Begleitung eines unbekannten jungen Mannes, der Miene macht, sich mit zu Tische zu setzen. Wer ist das? fragt der Hausherr und erhält die Antwort: Das ist mein Schwiegersohn seit voriger Woche; ich hab' ihm die Kost versprochen das erste Jahr.

Eine andere Geschichte erzählt: Ein Schnorrer begegnet auf der Treppe des Reichen einen Genossen im Gewerbe, der ihm abrät, seinen Weg fortzusetzen. »Geh heute nicht hinauf, der Baron ist heute schlecht aufgelegt, er gibt niemand mehr als einen Gulden.« – »Ich werde doch hinaufgehen«, sagt der erste Schnorrer. »Warum soll ich ihm den einen Gulden schenken? Schenkt er mir 'was?« [...] Die gemeine, bürgerliche Auffassung des Almosens liegt hier mit der religiösen im Streit; sie revoltiert offen gegen die religiöse in der Geschichte vom Baron, der, durch die Leidenserzählung des Schnorrers tief ergriffen, seinen Dienern schellt: Werfts ihn hinaus; er bricht mir das Herz!

II

»Dann aber sind Tatsachen zum Vorschwein gekommen«

»Ich fordere Sie auf, auf das Wohl unseres Chefs aufzustoßen«.

Dr. Stekel [...] in einer stürmischen Generalversammlung: Wir streiten (schreiten) nun zu Punkt 4 der Tagesordnung.

Dr. Stekel zu einer Dame, bei welcher er Basedowsche Krankheit vermutet: »Sie sind um einen Kropf (Kopf) größer als Ihre Schwester.«

Dr. Stekel berichtet: Jemand will das Verhältnis zweier Freunde schildern, von denen einer als Jude charakterisiert werden soll. Er sagt: Sie lebten zusammen wie Kastor und Pollak.

Eine junge Dame, die das Regiment im Hause führt, erzählt mir von ihrem leidenden Manne, er sei beim Arzt gewesen, um ihn nach der ihm zuträglichen Diät zu befragen. Der Arzt habe aber gesagt, darauf käme es nicht an. »Er kann essen und trinken was ich will.«

Ein Herr spricht einer jungen Dame, deren Gatte kürzlich gestorben ist, sein Beileid aus und setzt hinzu: »Sie werden Trost finden, indem Sie sich völlig ihren Kindern widwen.«

Derselbe Herr unterhält sich mit derselben Dame in einer Abendgesellschaft über die großen Vorbereitungen, welche in Berlin zum Osterfeste getroffen werden, und fragt: »Haben Sie heute die Auslage bei Wertheim gesehen? Sie ist ganz dekolletiert.«

»Bei welcher Waffe befindet sich Ihr Herr Sohn?« wird eine Dame gefragt. Sie antwortet: »Bei den 42er Mör*d*ern.«

Ein wahrscheinlich dem Tode verfallener Mann, dessen Diagnose aber noch nicht feststeht, ist nach Wien gekommen, um hier die Lösung seines Knotens abzuwarten, und hat einen Jugendfreund, der ein bekannter Arzt geworden ist, gebeten, seine Behandlung zu übernehmen, worauf dieser nicht ohne Widerstreben schließlich einging. Der Kranke soll in einer Heilanstalt Aufenthalt nehmen und der Arzt schlägt das Sanatorium »Hera« vor. Das ist doch eine Anstalt nur für bestimmte Zwecke (eine Entbindungsanstalt), wendet der Kranke ein. O nein, ereifert sich der Arzt: in der »Hera« kann man jeden Patienten umbringen – unterbringen, meine ich. Er sträubt sich dann heftig gegen die Deutung seines Versprechens. »Du wirst doch nicht glauben, dass ich feindselige Impulse gegen dich habe?« Eine Viertelstunde später sagte er zu der ihn hinausbegleitenden Dame, die die Pflege des Kranken übernommen hat: »Ich kann nichts finden und glaube ja noch immer nicht daran. Aber wenn es so sein sollte, bin ich für eine tüchtige Dosis Morphium, und dann ist Ruhe.«

»Eine Dame äußerte einmal in einer Gesellschaft – man hört es den Worten an, dass sie im Eifer und unter dem Drucke allerlei geheimer Regungen zustande gekommen sind: ›Ja, eine Frau muss schön sein, wenn sie den Männern gefallen soll. Da hat es ein Mann viel besser; wenn er nur seine fünf geraden Glieder hat, mehr braucht er nicht!‹«

Frau B., die an einem Leiden, offenbar psychogenen Ursprungs laboriert, wird wiederholt nahegelegt, den Psychoanalytiker X. zu konsultieren. Sie lehnt es stets mit der Bemerkung ab, so eine Behandlung sei doch nie etwas Rechtes, der Arzt würde doch alles fälschlicherweise auf sexuelle Dinge zurückführen. Schließlich ist sie einmal doch bereit, dem Rate Folge zu leisten und sie fragt: »Nun gut, wann ordinärt also dieser Dr. X.?«

Frau F. erzählt über ihre erste Stunde in einem Sprachkurs: »Es ist ganz interessant, der Lehrer ist ein netter junger Engländer. Er hat mir gleich in der ersten Stunde durch die Bluse (korrigiert sich: durch die Blume) zu verstehen gegeben, dass er mir lieber Einzelunterricht erteilen möchte.«

Das Verdrehen von Namen entspricht einer Schmähung, wenn es absichtlich geschieht, und dürfte in einer ganzen Reihe von Fällen, wo es als unabsichtliches Versprechen auftritt, dieselbe Bedeutung haben. Jene Person, die nach Mayers Bericht einmal »Freuder« sagte anstatt Freud, weil sie kurz darauf den Namen »Breuer« vorbrachte, ein andermal von einer Freuer-Breudschen Methode sprach, war wohl ein Fachgenosse und von dieser Methode nicht sonderlich entzückt.

Der Professor bemüht sich in der Anatomie um die Erklärung der Nasenhöhle, eines bekanntlich sehr schwierigen Abschnitts der Eingeweidelehre. Auf seine Frage, ob die Hörer seine Ausführungen erfasst haben, wird ein allgemeines ›Ja‹ vernehmlich. Darauf bemerkt der bekannt selbstbewusste Professor: Ich glaube kaum, denn die Leute, welche die Nasenhöhle verstehen, kann man selbst in einer Millionenstadt wie Wien an einem Finger, pardon, an den Fingern einer Hand wollte ich sagen, abzählen.«

[…] Derselbe Anatom ein andermal: »Beim weiblichen Genitale hat man trotz vieler Versuchungen – pardon, Versuche …«

»Wir haben einen Onkel, der schon seit Monaten sehr beleidigt ist, weil wir ihn nie besuchen. Den Umzug in eine neue Wohnung nehmen wir zum Anlass, um nach langer Zeit einmal bei ihm zu erscheinen. Er freut sich anscheinend sehr mit uns und sagt beim Abschied so recht gefühlvoll: ›Von nun an hoffe ich euch noch seltener zu sehen als bisher.‹«

»In der Generalversammlung des Journalistenvereins ›Concordia‹ hält ein junges, stets geldbedürftiges Mitglied eine heftige Oppositionsrede und sagt in seiner Erregung: ›Die Herren Vorschussmitglieder‹ (anstatt Vorstands- oder Ausschussmitglieder).«

»Ein Vater, der keinerlei patriotisches Gefühl besitzt und seine Kinder auch von diesem ihm überflüssig erscheinenden Empfinden frei erziehen will, tadelt seine Söhne wegen ihrer Teilnahme an einer patriotischen Kundgebung und weist ihre Berufung auf das gleiche Verhalten des Onkels mit den Worten zurück: ›Gerade dem sollt ihr nicht nacheifern; der ist ja ein Idiot.‹ Das über diesen ungewohnten Ton des Vaters erstaunte Gesicht der Kinder macht ihn aufmerksam, dass er sich versprochen habe, und entschuldigend bemerkt er: Ich wollte natürlich sagen: Patriot.«

»Ein junges Mädchen sollte einem ihr unsympathischen jungen Manne verlobt werden. Um die beiden jungen Leute einander näherzubringen, verabredeten deren Eltern eine Zusammenkunft, der auch Braut und Bräutigam in spe beiwohnten. Das junge Mädchen besaß Selbstüberwindung genug, ihren Freier, der sich sehr galant gegen sie benahm, ihre Abneigung nicht merken zu lassen. Doch auf die Frage ihrer Mutter, wie ihr der junge Mann gefiele, antwortete sie höflich: ›Gut. Er ist sehr liebenswidrig!‹«

»Was nun die Gegenwart, die neue Zeit Kaiser Wilhelms II., angeht, so kann ich nur wiederholen, was ich vor einem Jahre gesagt habe, dass es unbillig und ungerecht wäre, von einem Ring verantwortlicher Ratgeber um unseren Kaiser zu sprechen ... (Lebhafte Zurufe: Unverantwortlicher), unverantwortlicher Ratgeber zu sprechen. [...]«

»Lattmann (Deutschnational): Wir stellen uns bei der Frage der Adresse auf den Boden der Geschäftsordnung des Reichstages. Danach hat der Reichstag das Recht, eine solche Adresse an den Kaiser einzureichen. Wir glauben, dass der einheitliche Gedanke und der Wunsch des deutschen Volkes dahin geht, eine einheitliche Kundgebung auch in dieser Angelegenheit zu erreichen, und wenn wir das in einer Form tun können, die den monarchischen Gefühlen durchaus Rechnung trägt, so sollen wir das auch rückgratlos tun.« (Stürmische Heiterkeit, die minutenlang anhält.)

»Als Patient eines (Lungen-)Sanatoriums erfahre ich zu meinem Bedauern, dass bei einem nahen Verwandten dieselbe Krankheit konstatiert wurde, die mich zur Aufsuchung einer Heilanstalt genötigt hat. In einem Briefe lege ich nun meinem Verwandten nahe, zu einem Spezialisten zu gehen, einem bekannten Professor, bei dem ich selbst in Behandlung stehe, und von dessen medizinischer Autorität ich überzeugt bin, während ich anderseits allen Grund habe, seine Unhöflichkeit zu beklagen; denn der betreffende Professor hat mir – erst kurze Zeit vorher – die Ausstellung eines Zeugnisses verweigert, das für mich von großer Wichtigkeit war. In der Antwort auf meinen Brief werde ich von meinem Verwandten auf einen Schreibfehler aufmerksam gemacht, der mich, da ich seine Ursache augenblicklich erkannte, außerordentlich erheiterte. Ich hatte in meinem Schreiben folgenden Passus verwendet: ›... übrigens rate ich Dir, ohne Verzögerung Prof. X. zu insultieren*.«

Bei anderen Fällen sind die Motive des Vergessens weniger leicht aufzufinden und erregen, wenn gefunden, ein größeres Befremden. So merkte ich in früheren Jahren, dass ich bei einer größeren Anzahl von Krankenbesuchen nie einen anderen Besuch vergesse als den bei einem Gratispatienten oder bei einem Kollegen.

Ich traf in einem befreundeten Hause ein als Gast angelangtes junges Mädchen, welches ein längst für

* Von lat. *insultare* ›anspringen‹; beleidigen, verhöhnen.

erloschen gehaltenes Wohlgefallen bei mir erregte und mich darum heiter, gesprächig und zuvorkommend stimmte. Ich habe damals auch nachgeforscht, auf welchen Bahnen dies zuging; ein Jahr vorher hatte dasselbe Mädchen mich kühl gelassen. Als nun der Onkel des Mädchens, ein sehr alter Herr, ins Zimmer trat, sprangen wir beide auf, um ihm einen in der Ecke stehenden Stuhl zu bringen. Sie war behender als ich, wohl auch dem Objekt näher; so hatte sie sich zuerst des Sessels bemächtigt und trug ihn mit der Lehne nach rückwärts, beide Hände auf die Sesselränder gelegt, vor sich hin. Indem ich später hinzutrat und den Anspruch, den Sessel zu tragen, doch nicht aufgab, stand ich plötzlich dicht hinter ihr, hatte beide Arme von rückwärts um sie geschlungen, und meine Hände trafen sich einen Moment lang vor ihrem Schoß.

Ganz ähnliche Beobachtungen hat W. Stekel von seiner eigenen Person mitgeteilt: »Ich trete in ein Haus ein und reiche der Dame des Hauses meine Rechte. Merkwürdigerweise löse ich dabei die Schleife, die ihr loses Morgenkleid zusammenhält. Ich bin mir keiner unehrbaren Absicht bewusst, und doch habe ich diese ungeschickte Bewegung mit der Geschicklichkeit eines Eskamoteurs vollbracht.«

Wenn eines der Mitglieder meiner Familie sich beklagt, jetzt habe es sich auf die Zunge gebissen, die Finger gequetscht usw., so erfolgt anstatt der erhofften Teilnahme von meiner Seite die Frage: Wozu hast du das getan? Aber ich habe mir selbst aufs schmerzhafteste den Daumen eingeklemmt, nachdem ein jugendlicher Patient in der Behandlungsstunde die (natürlich nicht ernsthaft zu nehmende) Absicht bekannt hatte, meine älteste Tochter zu heiraten.

Ich möchte hinzufügen, dass auf den Knaben die Stelle aus Lord Lyttons ›Richelieu‹ großen Eindruck machte:

›*Beneath the rule of men entirely great*
The pen is mightier than the sword‹,*

dass er ein fruchtbarer Schriftsteller geworden ist und eine außergewöhnlich große Füllfeder benützt. Als ich ihn fragte, wozu er dies nötig habe, erwiderte er charakteristischerweise: ›Ich habe soviel auszudrücken.‹

»Ich entsinne mich einer im Embonpointalter** stehenden Professorenfrau, die mal auf mal ihren Trau-

* »Wo mächtige Menschen regieren, vermag die Feder mehr als das Schwert.«

** Frz. *embonpoint* ›in gutem Zustande‹; Wohlbeleibtheit.

ring als Pfand vom Finger zog. Erlassen Sie mir, Ihnen das eheliche Glück des Hauses zu schildern.«

Mädchen, die auf ihre schönen Haare stolz sind, wissen so geschickt mit Kamm und Haarnadeln umzugehen, dass sich ihnen mitten im Gespräch die Haare lösen.

Manche Männer zerstreuen während der Behandlung (in liegender Stellung) Kleingeld aus der Hosentasche und honorieren so die Arbeit der Behandlungsstunde je nach ihrer Schätzung.

Wer bei einem Arzt einen mitgebrachten Gegenstand, wie Zwicker, Handschuhe, Täschchen vergisst, deutet damit an, dass er sich nicht losreißen kann und gern bald wiederkommen möchte. E. Jones sagt: *One can almost measure the success with which a physician is practising psychotherapy, for instance by the size of the collection of umbrellas, handkerchiefs, purses, and so on, that he could make in a month.**

Man darf ganz allgemein erstaunt sein, dass der Wahrheitsdrang der Menschen soviel stärker ist, als

* »Man kann fast den Erfolg ermessen, mit dem ein Arzt die Psychotherapie anwendet, etwa anhand der Größe der Sammlung von Schirmen, Taschentüchern, Geldbeuteln und so weiter, die er innerhalb eines Monats gemacht hat.«

man ihn für gewöhnlich einschätzt. Vielleicht ist es übrigens eine Folge meiner Beschäftigung mit der Psychoanalyse, dass ich kaum mehr lügen kann.

Ein Ding verlegen heißt ja nichts anderes als vergessen, wohin man es gelegt hat, und wie die meisten mit Schriften und Büchern hantierenden Personen bin ich auf meinem Schreibtisch wohl orientiert und weiß das Gesuchte mit einem Griffe hervorzuholen. Was anderen als Unordnung erscheint, ist für mich historisch gewordene Ordnung.

»In Wedekinds Einakter ›Die Zensur‹ fällt an der ernstesten Stelle des Stückes der Ausspruch: ›Die Furcht vor dem Tode ist ein Denkfehler.‹ Der Autor, dem die Stelle am Herzen lag, bat auf der Probe den Darsteller, vor dem Worte ›Denkfehler‹ eine kleine Pause zu machen. Am Abend – der Darsteller ging ganz in seiner Rolle auf, beobachtete auch die Pause genau, sagte aber unwillkürlich in feierlichstem Tone: ›Die Furcht vor dem Tode ist ein Druckfehler.‹ Der Autor versicherte dem Künstler nach Schluss der Vorstellung auf seine Frage, dass er nicht das geringste auszusetzen habe, nur heiße es an der betreffenden Stelle nicht: die Furcht vor dem Tode sei ein Druckfehler, sondern ein Denkfehler. – Als

Traum der französischen Bonne

Cartoon aus dem ungarischen Wochenblatt *Fidibusz*, das Freud in die 4. Auflage seiner *Traumdeutung* aufnahm

›Die Zensur‹ am folgenden Abend wiederholt wurde, sagte der Darsteller an der bewussten Stelle, und zwar wieder in feierlichstem Tone: ›Die Furcht vor dem Tode ist ein – Denkzettel.‹ Wedekind spendete dem Schauspieler wieder uneingeschränktes Lob, aber bemerkte nur nebenbei, dass es nicht heiße, die Furcht vor dem Tode sei ein Denkzettel, sondern ein Denkfehler. – Am nächsten Abend wurde wieder ›Die Zensur‹ gespielt und der Darsteller, mit dem sich der Autor inzwischen befreundet und Kunstanschauungen ausgetauscht hatte, sagte, als die Stelle kam, mit der feierlichsten Miene von der Welt: ›Die Furcht vor dem Tode ist ein – Druckzettel.‹ – Der Künstler erhielt des Autors rückhaltlose Anerkennung, der Einakter wurde auch noch oft wiederholt, aber den Begriff ›Denkfehler‹ hielt der Autor nun ein für allemal für endgültig erledigt.«

Ein Redakteur eines vielgelesenen französischen Journals soll die Wette gewagt haben, er werde in jeden Satz eines langen Artikels durch den Druck einschalten lassen, »von vorne« oder »von hinten«, ohne dass einer der Leser es bemerken würde. Er gewann die Wette. Ein komisches Beispiel von falschem Zusammenhange ist mir vor Jahren bei der Zeitungslektüre aufgefallen. Nach jener Sitzung der französischen Kammer, in welcher Dupuy durch das beherzte Wort: *La séance continue* den Schreck über das Platzen der von einem Anarchisten in den Saal geworfenen Bombe aufhob, wurden die Besucher der Galerie als Zeugen über ihre Eindrücke von dem Attentat vernommen. Unter ihnen befanden sich zwei Leute aus der Provinz, deren einer erzählte, unmittelbar nach Schluss einer Rede habe er wohl eine Detonation vernommen, aber gemeint, es sei im Parlament Sitte, jedesmal, wenn ein Redner geendigt, einen Schuss abzufeuern. Der andere, der wahrscheinlich schon mehrere Redner angehört hatte, war in dasselbe Urteil verfallen, jedoch mit der Abänderung, dass solches Schießen eine Anerkennung sei, die nur nach besonders gelungenen Reden erfolge.

Dasselbe kann sich bekanntlich auch bei Druckfehlern ereignen, die ja als Fehlleistungen des Setzers aufzufassen sind. Ein solcher hartnäckiger Druckfehler soll sich einmal in ein sozialdemokratisches Blatt eingeschlichen haben. In dem Berichte über eine gewisse Festlichkeit war zu lesen: Unter den Anwesenden bemerkte man auch seine Hoheit, den Kornprinzen. Am nächsten Tag wurde eine Korrektur versucht. Das Blatt entschuldigte sich und schrieb: Es hätte natürlich heißen sollen: den Knorprinzen. Man spricht in solchen Fällen gerne vom Druckfehlerteufel, vom Kobold des Setzkastens und dergleichen, Ausdrücke, die jedenfalls über eine psychophysiologische Theorie des Druckfehlers hinausgehen.

Zum Beispiel ein Professor in seiner Antrittsrede: Ich bin nicht geneigt (geeignet), die Verdienste meines sehr geschätzten Vorgängers zu würdigen.

Ein Präsident unseres Abgeordnetenhauses eröffnete einmal die Sitzung mit den Worten: Meine Herren, ich konstatiere die Anwesenheit von ... Mitgliedern und erkläre somit die Sitzung für geschlossen.

Ganz Ähnliches gilt für Versprechen, die aus harmlosen Worten unanständige und obszöne machen, wie Apopos für Apropos, oder Eischeißweibchen für Eiweißscheibchen.

Einst war ich als Gast bei einem jungverheirateten Paare und hörte die junge Frau lachend ihr letztes Erlebnis erzählen, wie sie am Tage nach der Rückkehr von der Reise wieder ihre ledige Schwester aufgesucht habe, um mit ihr, wie in früheren Zeiten, Einkäufe zu machen, während der Ehemann seinen

Geschäften nachging. Plötzlich sei ihr ein Herr auf der anderen Seite der Straße aufgefallen und sie habe, ihre Schwester anstoßend, gerufen: Schau, dort geht ja der Herr L. Sie hatte vergessen, dass dieser Herr seit einigen Wochen ihr Ehegemahl war.

Ich weiß von anderen Frauen, die auf der Hochzeitsreise ihren Ehering verloren haben, und weiß auch, dass der Verlauf der Ehe diesem Zufall Sinn verliehen hat. Und nun noch ein grelles Beispiel mit besserem Ausgang. Man erzählt von einem berühmten deutschen Chemiker, dass seine Ehe darum nicht zustande kam, weil er die Stunde der Trauung vergessen hatte und anstatt in die Kirche ins Laboratorium gegangen war. Er war so klug, es bei dem einen Versuch bewenden zu lassen, und starb unverehelicht in hohem Alter.

III

Diesseits des Lustprinzips

Ein Jahr später hatte ich als Privatdozent für Nervenkrankheiten meine ärztliche Tätigkeit in Wien begonnen und war in allem, was Ätiologie der Neurosen betraf, so unschuldig und so unwissend geblieben, wie man es nur von einem hoffnungsvollen Akademiker fordern darf. Da traf mich eines Tages ein freundlicher Ruf Chrobaks, eine Patientin von ihm zu übernehmen, welcher er in seiner neuen Stellung als Universitätslehrer nicht genug Zeit widmen könne. Ich kam früher als er zur Kranken und erfuhr, dass sie an sinnlosen Angstanfällen leide, die nur durch die sorgfältigste Information, wo sich zu jeder Zeit des Tages ihr Arzt befinde, beschwichtigt werden könnten. Als Chrobak erschien, nahm er mich beiseite und eröffnete mir, die Angst der Patientin rühre daher, dass sie trotz achtzehnjähriger Ehe Virgo intacta sei. Der Mann sei absolut impotent. Dem Arzt bleibe in solchen Fällen nichts übrig, als das häusliche Missgeschick mit seiner Reputation zu decken und es sich gefallen zu lassen, wenn man achselzuckend über ihn sage: Der kann auch nichts, wenn er sie in soviel Jahren nicht hergestellt hat. Das einzige Rezept für solche Leiden, fügte er hinzu, ist uns wohl bekannt, aber wir können es nicht verordnen. Es lautet:

Rp. Penis normalis
dosim
Repetatur!*

Die Gleichgültigkeit, mit der Du mir vom ersten Kuss Deines Prinzips erzählst, gilt mir in doppelter Hinsicht als ein böses Zeichen, vorerst, dass Du so leicht Küsse nimmst, und zuzweit, dass Du Küsse so leicht nimmst. Es ist meine Pflicht, Dich aufmerksam zu machen auf eine Berechnung des berühmten Statistikers Malthus, der nachwies, dass sich die Küsse in einer ungemein rasch aufsteigenden Proportion zu vermehren streben, so dass nach kurzer Zeit vom Beginn der Reihe an gerechnet das kleine Areal des Gesichtchens ihnen nicht genügt und (sie) zur Auswanderung gezwungen werden. Aus solchen Gründen ist denn auch Malthus ein entschiedener Gegner der Küsse.

Es lässt sich nicht bestreiten, dass malthusianische Vorkehrungen irgend einmal in einer Ehe zur Notwendigkeit werden, und theoretisch wäre es einer der

* »Normaler Penis, Dosis soll wiederholt werden!«

größten Triumphe der Menschheit, eine der fühlbarsten Befreiungen vom Naturzwange, dem unser Geschlecht unterworfen ist, wenn es gelänge, den verantwortlichen Akt der Kinderzeugung zu einer willkürlichen und beabsichtigten Handlung zu erheben, und ihn von der Verquickung mit der notwendigen Befriedigung eines natürlichen Bedürfnisses loszulösen.

Ich war zuletzt mit der Darstellung der sexuellen Akte beschäftigt, habe dabei die Lustpumpe (nicht Luftpumpe) und andere Curiosa entdeckt, rede aber für eine Weile nichts. Dann kommt die Migräne in einem; ihretwegen habe ich den Ausflug in den Mechanism[us] der Sexualakte unternommen.

Die Freude zu leben ist mir in der letzten Woche weit weniger vergällt worden als vorhin, sogar eine anständige gemeine Migräne habe ich zustande gebracht, während welcher das liebe Herz seinen Reim nicht finden konnte.

Die Menschen sind überhaupt nicht aufrichtig in sexuellen Dingen. Sie zeigen ihre Sexualität nicht frei, sondern tragen eine dicke Oberkleidung aus – Lügengewebe zu ihrer Verhüllung, als ob es schlechtes Wetter gäbe in der Welt der Sexualität. Und sie haben nicht unrecht, Sonne und Wind sind in unserer Kulturwelt der sexuellen Betätigung wirklich nicht günstig; eigentlich kann niemand von uns seine Erotik frei den anderen enthüllen. Wenn Ihre Patienten aber erst gemerkt haben, dass sie sich's in Ihrer Behandlung behaglich machen dürfen, dann legen sie jene Lügenhülle ab, und dann erst sind Sie in der Lage, sich ein Urteil über unsere Streitfrage zu bilden. Leider sind auch die Ärzte in ihrem persönlichen Verhältnis zu den Fragen des Sexuallebens vor anderen Menschenkindern nicht bevorzugt, und viele von ihnen stehen unter dem Banne jener Vereinigung von Prüderie und Lüsternheit, welche das Verhalten der meisten »Kulturmenschen« in Sachen der Sexualität beherrscht.

Diese Liebestriebe werden nun in der Psychoanalyse a potiori* und von ihrer Herkunft her Sexualtriebe geheißen. Die Mehrzahl der »Gebildeten« hat diese Namengebung als Beleidigung empfunden und sich für sie gerächt, indem sie der Psychoanalyse den Vorwurf des »Pansexualismus« entgegenschleuderte. Wer die Sexualität für etwas die menschliche Natur Beschämendes und Erniedrigendes hält, dem steht es ja frei, sich der vornehmeren Ausdrücke Eros und Ero-

* Lat.: von der Hauptsache her.

tik zu bedienen. Ich hätte es auch selbst von Anfang an so tun können und hätte mir dadurch viel Widerspruch erspart. Aber ich mochte es nicht, denn ich vermeide gern Konzessionen an die Schwachmütigkeit. Man kann nicht wissen, wohin man auf diesem Wege gerät; man gibt zuerst in Worten nach und dann allmählich auch in der Sache. Ich kann nicht finden, dass irgend ein Verdienst daran ist, sich der Sexualität zu schämen; das griechische Wort Eros, das den Schimpf lindern soll, ist doch schließlich nichts anderes als die Übersetzung unseres deutschen Wortes Liebe und endlich, wer warten kann, braucht keine Konzessionen zu machen.

Es ist wahr, die Ärzte genießen auf sexuellem Gebiet gewisse Vorrechte; sie dürfen ja auch die Genitalien inspizieren.

Der Analytiker lockt den Patienten niemals auf das sexuelle Gebiet, er sagt ihm nicht voraus: es wird sich um die Intimitäten Ihres Geschlechtslebens handeln! Er lässt ihn seine Mitteilungen beginnen, wo es ihm beliebt, und wartet ruhig ab, bis der Patient selbst die geschlechtlichen Dinge anrührt. Ich pflege meine Schüler immer zu mahnen: Unsere Gegner haben uns angekündigt, dass wir auf Fälle stoßen werden, bei denen das sexuelle Moment keine Rolle spielt; hüten wir uns davor, es in die Analyse einzuführen, verderben wir uns die Chance nicht, einen solchen Fall zu finden. Nun, bis jetzt hat niemand von uns dieses Glück gehabt.

Wenn wir unter Verzicht auf unsere Leiblichkeit als bloß denkende Wesen, etwa von einem anderen Planeten her, die Dinge dieser Erde frisch ins Auge fassen könnten, so würde vielleicht nichts anderes unserer Aufmerksamkeit mehr auffallen als die Existenz zweier Geschlechter unter den Menschen, die einander sonst so ähnlich, doch durch die äußerlichsten Anzeichen ihre Verschiedenheit betonen.

Ich bin immer noch sehr durcheinander. […] Das Rauchen habe ich wieder ganz aufgegeben, um […] den elenden Kampf mit der Sucht nach der vierten und fünften (Zigarre) loszuwerden; kämpfe also lieber gleich um die erste. Wahrscheinlich ist die Abstinenz der psychischen Zufriedenheit auch nicht sehr förderlich.

Es ist mir die Einsicht aufgegangen, dass die Masturbation die einzige große Gewohnheit, die »Ursucht«

ist, als deren Ersatz und Ablösung erst die anderen Süchte nach Alkohol, Morphin, Tabak etc. ins Leben treten. […] Natürlich regt sich dabei der Zweifel, ob solche Sucht heilbar ist […]. Genug von meinen Schweinereien. Auf Wiedersehen! Dein Sigm.

Wo Rauch ist, ist auch Feuer.

Nicht das Feuer beherbergt der Mensch in seinem Penisrohr, sondern im Gegenteil das Mittel, um das Feuer zu löschen, das Wasser seines Harnstrahls. An diese Beziehung zwischen Feuer und Wasser knüpft dann reiches, wohlbekanntes analytisches Material an.

Wenn das Glied in jenen Zustand von Erregung gerät, der ihm die Gleichstellung mit dem Vogel eingetragen hat, und während jene Empfindungen verspürt werden, die an die Wärme des Feuers mahnen, ist das Urinieren unmöglich; und umgekehrt, wenn das Glied der Entleerung des Körperwassers dient, scheinen alle seine Beziehungen zur Genitalfunktion erloschen. Der Gegensatz der beiden Funktionen könnte uns veranlassen zu sagen, dass der Mensch sein eigenes Feuer durch sein eigenes Wasser löscht.

Die Abgewöhnung der Masturbation ist nur eine der neuen therapeutischen Aufgaben, welche dem Arzte aus der Berücksichtigung der sexuellen Ätiologie erwachsen, und diese Aufgabe gerade scheint wie jede andere Abgewöhnung nur in einer Krankenanstalt und unter beständiger Aufsicht des Arztes lösbar. Sich selbst überlassen, pflegt der Masturbant bei jeder verstimmenden Einwirkung auf die ihm bequeme Befriedigung zurückzugreifen. Die ärztliche Behandlung kann sich hier kein anderes Ziel stecken, als den wieder gekräftigten Neurastheniker* dem normalen Geschlechtsverkehre zuzuführen, denn das einmal geweckte und durch eine geraume Zeit befriedigte Sexualbedürfnis lässt sich nicht mehr zum Schweigen bringen, sondern bloß auf einen anderen Weg verschieben. Eine ganz analoge Bemerkung gilt übrigens auch für alle anderen Abstinenzkuren, die so lange nur scheinbar gelingen werden, so lange sich der Arzt damit begnügt, dem Kranken das narkotische Mittel zu entziehen, ohne sich um die Quelle zu kümmern, aus welcher das imperative Bedürfnis nach einem solchen entspringt. »Gewöhnung« ist eine bloße Redensart ohne aufklärenden Wert; nicht jedermann, der eine Zeitlang Morphium, Kokain, Chloralhydrat u. dgl. zu nehmen Gelegenheit hat, erwirbt hiedurch die »Sucht« nach diesen Dingen. Genauere Untersu-

* Ein an Nervenschwäche Leidender.

chung weist in der Regel nach, dass diese Narkotika zum Ersatze – direkt oder auf Umwegen – des mangelnden Sexualgenusses bestimmt sind, und wo sich normales Sexualleben nicht mehr herstellen lässt, da darf man den Rückfall des Entwöhnten mit Sicherheit erwarten.

»Das will ich nicht weiter träumen, um mich in einer Pollution zu erschöpfen, sondern hebe es mir lieber für eine reale Situation auf.«

Ungern nehme ich Stellung zu der von Ihnen viel behandelten Frage nach der Schädlichkeit der Onanie, denn dies ist kein ordentlicher Zugang zu den Problemen, die uns beschäftigen. Aber wir müssen es wohl alle. Die Welt scheint sich für nichts anderes als Onanie zu interessieren. Wir hatten, wie Sie sich erinnern, an unseren ersten Diskussionsabenden über das Thema einen distinguierten Kinderarzt dieser Stadt als Gast in unserer Mitte. Was verlangte er in wiederholten Anfragen von uns zu erfahren? Nur, inwiefern die Onanie schädlich sei, und warum sie dem einen schade, dem anderen nicht. So müssen wir denn unsere Forschung nötigen, diesem praktischen Bedürfnis Rede zu stehen.

Ich gestehe es, ich kann auch hierin nicht den

Standpunkt Stekels teilen, trotz der vielen tapferen und richtigen Bemerkungen, die er uns über diese Frage vorgetragen hat. Für ihn ist die Schädlichkeit der Onanie eigentlich ein unsinniges Vorurteil, welchem wir nur infolge persönlicher Beengung nicht gründlich genug abschwören wollen.

Die Onanie hat eben auch, wie so vieles andere, *les défauts de ses vertus* und umgekehrt *les vertus de ses défauts*.*

Die Masturbation verdirbt ferner den Charakter durch Verwöhnung auf mehr als eine Weise, erstens, indem sie bedeutsame Ziele mühelos, auf bequemen Wegen, anstatt durch energische Kraftanspannung erreichen lehrt, also nach dem Prinzipe der sexuellen Vorbildlichkeit, und zweitens, indem sie in den die Befriedigung begleitenden Phantasien das Sexualobjekt zu einer Vorzüglichkeit erhebt, die in der Realität nicht leicht wiedergefunden wird. Konnte doch ein geistreicher Schriftsteller (Karl Kraus in der Wiener »Fackel«), den Spieß umdrehend, die Wahrheit in dem Zynismus aussprechen:

* […], »die Fehler ihrer Tugenden« […] »die Tugenden ihrer Fehler«.

Der Koitus ist nur ein ungenügendes Surrogat für die Onanie!

Man kann auch von einer therapeutischen Wiederkehr der Onanie sprechen. Mehrere von Ihnen werden bereits wie ich die Erfahrung gemacht haben, dass es einen großen Fortschritt bedeutet, wenn der Patient sich während der Behandlung wiederum der Onanie getraut, wenngleich er nicht die Absicht hat, dauernd auf dieser infantilen Station zu verweilen. [...]

Doch ich denke, wir brechen hier ab. Wir sind ja alle in dem Urteil einig, dass das Thema der Onanie schier unerschöpflich ist.

Mit dem Momente der »Überarbeitung«, das die Ärzte so gerne ihren Patienten als Ursache ihrer Neurose gelten lassen, wird übermäßig viel Missbrauch getrieben. Es ist ganz richtig, dass jeder, der sich durch sexuelle Schädlichkeiten zu Neurasthenie* disponiert hat, die intellektuelle Arbeit und die psychischen Mühen des Lebens schlecht verträgt, aber niemals wird jemand durch Arbeit oder durch Aufregung allein neurotisch. Geistige Arbeit ist eher ein Schutzmittel gegen neurasthenische Erkrankung; ge-

* Nervenschwäche.

rade die ausdauerndsten intellektuellen Arbeiter bleiben von der Neurasthenie verschont, und was die Neurastheniker als »krankmachende Überarbeitung« anklagen, das verdient in der Regel weder der Qualität noch dem Ausmaße nach als »geistige Arbeit« anerkannt zu werden. Die Ärzte werden sich wohl gewöhnen müssen, dem Beamten, der sich in seinem Bureau »überangestrengt«, oder der Hausfrau, der ihr Hauswesen zu schwer geworden ist, die Aufklärung zu geben, dass sie nicht erkrankt sind, weil sie versucht haben, ihre für ein zivilisiertes Gehirn eigentlich leichten Pflichten zu erfüllen, sondern weil sie während dessen ihr Sexualleben gröblich vernachlässigt und verdorben haben.

Diese Türken schätzen den Sexualgenuss über alles und verfallen bei sexuellen Störungen in eine Verzweiflung, welche seltsam gegen ihre Resignation bei Todesgefahr absticht. Einer der Patienten meines Kollegen hatte ihm einmal gesagt: »Du weißt ja, Herr, wenn das nicht mehr geht, dann hat das Leben keinen Wert.«

[...] das neue Sexualziel, die Entleerung der Geschlechtsprodukte [...], dessen Erreichung unter riesiger Lust der Sexualerregung ein Ende macht.

Aus den mühseligen Sammlungen der Kulturforscher kann man sich die Überzeugung holen, dass die Genitalien ursprünglich der Stolz und die Hoffnung der Lebenden waren, göttliche Verehrung genossen und die Göttlichkeit ihrer Funktionen auf alle neu erlernten Tätigkeiten der Menschen übertrugen.

[…] die Wollust wird gottesfürchtig, Gott selbst […] lässt nicht ab, sie von dem Kranken zu fordern.

Die Genitalien selbst haben die Entwicklung der menschlichen Körperformen zur Schönheit nicht mitgemacht, sie sind tierisch geblieben, und so ist auch die Liebe im Grunde heute ebenso animalisch, wie sie es von jeher war.

Mein Freund sagte damals zu mir in der Andrássystraße: Nichts Menschliches ist mir fremd, worauf ich – auf die psychoanalytischen Erfahrungen anspielend – sagte: Du solltest weitergehen und bekennen, dass dir nichts Tierisches fremd ist.

Dass gewisse Merkmale Geschlechtsunterschiede sind, muss auch erst nachgewiesen werden, und das kann nur der Anatom (da die Aale keine Tagebücher schreiben, aus deren Orthographie man Schlüsse auf das Geschlecht ziehen kann), er seziert sie und findet entweder Hoden oder Eierstöcke. Der Unterschied beider Organe ist der:

Unter Mikroskop zeigen die Hoden Samentierchen, die Eierstöcke schon mit freiem Auge Eier.

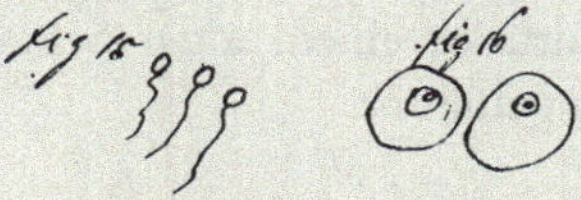

Vor kurzem hat ein Triester Zoolog, wie er sagt, die Hoden, somit die Männchen des Aals aufgefunden, aber weil er, wie es scheint, nicht weiß, was ein Mikroskop ist, keine genaue Beschreibung davon gegeben. Ich plage nun mich und die Aale, seine Aalmännchen wiederzufinden, aber vergebens, alle Aale, die ich aufschneide, sind vom zarteren Geschlecht. Mehr erfährst Du diesmal nicht von mir. ... Lebe wohl, antworte bald,

grüße Rosanes, Wahle und Paneth (Herzig, wenn du ihn siehst), ich habe keine Zeit zu schreiben, sie mögen mich entschuldigen, mündlich soviel sie wollen und jedem einen Haifisch

Dein Cipion

Hoden und Ovarien der Aale

Aus einem Jugendbrief Freuds an Eduard Silberstein, April 1876

Die Allgewalt der Liebe zeigt sich vielleicht nirgends stärker als in diesen ihren Verirrungen. Das Höchste und das Niedrigste hängen in der Sexualität überall am innigsten aneinander (»vom Himmel durch die Welt zur Hölle«).

Auf dem so gebahnten Wege strömt die Erregung aus der neuen Erregungsquelle zur früheren Ausfuhrstelle hin und das Symptom gleicht, wie das Evangelium es ausdrückt, einem alten Schlauch, der mit neuem Wein gefüllt ist.

Wo ist der Schlüssel? scheint mir das männliche Gegenstück zur Frage: Wo ist die Schachtel?

Manche Fliegenpaare erinnern ihn an Hochzeitsreisende, reden sich vermutlich in ihrer Sprache auch »mein einziger August« und »meine süße Grete« an.

Ein gewisses Maß direkter sexueller Befriedigung scheint für die allermeisten Organisationen unerlässlich.

Es liegt doch ganz im Sinne der Wunscherfüllung vom Leben im Jenseits, dass man dort endlich des Geschlechtsunterschiedes ledig wird.

»Und jene himmlischen Gestalten,
sie fragen nicht nach Mann und Weib.« (Mignon)

Der landläufigen Auffassung nach besteht das menschliche Sexualleben im wesentlichen aus dem Bestreben, die eigenen Genitalien mit denen einer Person des anderen Geschlechts in Kontakt zu bringen. Küssen, Beschauen und Betasten dieses fremden Körpers treten dabei als Begleiterscheinungen und einleitende Handlungen auf.

»Im Venusberg vergaß er Ehr' und Pflicht!
– Merkwürdig, unser einem passiert so etwas nicht.«

Bei normaler Vita sexualis ist eine Neurose unmöglich.

Ein Stückchen weit, bald hier, bald dort, überschreitet jeder von uns die fürs Normale gezogenen engen Grenzen in seinem eigenen Sexualleben.

Schon die Alten sagten, der Koitus sei eine »kleine Epilepsie«. Wir dürfen abändern! Der hysterische Krampfanfall ist ein Koitusäquivalent.

Ich muss noch etwas hinzufügen, um die Würdigung der sexuellen Perversionen zu vervollständigen. So verrufen sie auch sein mögen, so scharf man sie auch der normalen Sexualbetätigung gegenüberstellt, so zeigt doch die bequeme Beobachtung, dass dem Sexualleben der Normalen nur selten der eine oder andere perverse Zug abgeht. Schon der Kuss hat Anspruch auf den Namen eines perversen Aktes, denn er besteht in der Vereinigung zweier erogener Mundzonen an Stelle der beiderlei Genitalien. Aber niemand verwirft ihn als pervers, er wird im Gegenteil in der Bühnendarstellung als gemilderte Andeutung des Sexualaktes zugelassen. Gerade das Küssen kann aber leicht zur vollen Perversion werden, wenn es nämlich so intensiv ausfällt, dass sich Genitalentladung und Orgasmus direkt daranschließen, was gar nicht so selten vorkommt. Im übrigen kann man erfahren, dass Betasten und Beschauen des Objektes für den einen unentbehrliche Bedingungen des Sexualgenusses sind, dass ein anderer auf der Höhe der sexuellen Erregung kneift oder beißt, dass die größte Erregtheit beim Liebenden nicht immer durch das Genitale, sondern durch eine andere Körperregion des Objektes hervorgerufen wird, und ähnliches in beliebiger Auswahl mehr. Es hat gar keinen Sinn, Personen mit einzelnen solchen Zügen aus der Reihe der Normalen auszuscheiden und zu den Perversen zu stellen.

Die Normalität des Geschlechtslebens wird nur durch das exakte Zusammentreffen der beiden auf Sexualobjekt und Sexualziel gerichteten Strömungen, der zärtlichen und der sinnlichen, gewährleistet, von denen die erstere in sich fasst, was von der infantilen Frühblüte der Sexualität erübrigt. Es ist wie der Durchschlag eines Tunnels von beiden Seiten her.

In einer Reihe von Fällen ist die Verliebtheit nichts anderes als Objektbesetzung von seiten der Sexualtriebe zum Zwecke der direkten Sexualbefriedigung, die auch mit der Erreichung dieses Zieles erlischt; das ist das, was man die gemeine, sinnliche Liebe heißt. Aber wie bekannt, bleibt die libidinöse Situation selten so einfach. Die Sicherheit, mit der man auf das Wiedererwachen des eben erloschenen Bedürfnisses rechnen konnte, muss wohl das nächste Motiv gewesen sein, dem Sexualobjekt eine dauernde Besetzung zuzuwenden, es auch in den begierdefreien Zwischenzeiten zu »lieben«.

Im Rahmen dieser Verliebtheit ist uns von Anfang an das Phänomen der Sexualüberschätzung aufgefallen, die Tatsache, dass das geliebte Objekt eine gewisse Freiheit von der Kritik genießt, dass alle seine Eigenschaften höher eingeschätzt werden als die ungeliebter Personen oder als zu einer Zeit, da es nicht geliebt wurde. Bei einigermaßen wirksamer Verdrängung oder Zurücksetzung der sinnlichen Strebungen kommt die Täuschung zustande, dass das Objekt seiner seelischen Vorzüge wegen auch sinnlich geliebt wird, während umgekehrt erst das sinnliche Wohlgefallen ihm diese Vorzüge verliehen haben mag.

Das Bestreben, welches hier das Urteil fälscht, ist das der Idealisierung. [...] Das Ich wird immer anspruchsloser, bescheidener, das Objekt immer großartiger, wertvoller.

Man könnte zur Not von einem Trieb aussagen, dass er das Objekt »liebt«, nach dem er zu seiner Befriedigung strebt.

Das neue Sexualziel besteht beim Manne in der Entladung der Geschlechtsprodukte; es ist dem früheren, der Erreichung von Lust, keineswegs fremd, vielmehr ist der höchste Betrag von Lust an diesen Endakt des Sexualvorganges geknüpft. Der Sexualtrieb stellt sich jetzt in den Dienst der Fortpflanzungsfunktion; er wird sozusagen altruistisch.

Auf allen [...] Wegen wird das nämliche hervorgerufen, ein Zustand, der als »sexuelle Erregtheit« bezeichnet wird und sich durch zweierlei Zeichen kundgibt, seelische und somatische. Das seelische Anzeichen besteht in einem eigentümlichen Spannungsgefühl von höchst drängendem Charakter; unter den mannigfaltigen körperlichen steht an erster Stelle eine Reihe von Veränderungen an den Genitalien, die einen unzweifelhaften Sinn haben, den der Bereitschaft, der Vorbereitung zum Sexualakt. (Die Erektion des männlichen Gliedes, das Feuchtwerden der Scheide.)

An den Spannungscharakter der sexuellen Erregtheit knüpft ein Problem an, dessen Lösung ebenso schwierig wie für die Auffassung der Sexualvorgänge bedeutsam wäre. Trotz aller in der Psychologie darüber herrschenden Meinungsverschiedenheiten muss ich daran festhalten, dass ein Spannungsgefühl den Unlustcharakter an sich tragen muss. Für mich ist entscheidend, dass ein solches Gefühl den Drang nach Veränderung der psychischen Situation mit sich bringt, treibend wirkt, was dem Wesen der empfundenen Lust völlig fremd ist. Rechnet man aber die Spannung der sexuellen Erregtheit zu den Unlustgefühlen, so stößt man sich an der Tatsache, dass dieselbe unzweifelhaft lustvoll empfunden wird. Überall ist bei der durch die Sexualvorgänge erzeugten Spannung Lust dabei; selbst bei den Vorbereitungsveränderungen der Genitalien ist eine Art von Befriedigungsgefühl deutlich.

Der Charakter des Drängenden ist eine allgemeine Eigenschaft der Triebe, ja das Wesen derselben.

Das Auge kommt unter den Verhältnissen der Objektwerbung am häufigsten in die Lage, durch jene besondere Qualität der Erregung, deren Anlass wir am Sexualobjekt als Schönheit bezeichnen, gereizt zu werden. Die Vorzüge des Sexualobjektes werden darum auch »Reize« geheißen. Mit dieser Reizung ist einerseits bereits Lust verbunden, andererseits ist eine Steigerung der sexuellen Erregtheit oder ein Hervorrufen derselben, wo sie noch fehlt, ihre Folge. Kommt die Erregung einer anderen erogenen Zone, zum Beispiel der tastenden Hand, hinzu, so ist der Effekt der gleiche, Lustempfindung einerseits, die sich bald durch die Lust aus den Bereitschaftsveränderungen verstärkt, weitere Steigerung der Sexualspannung andererseits, die bald in deutlichste Unlust übergeht, wenn ihr nicht gestattet wird, weitere Lust herbeizuführen. Durchsichtiger ist vielleicht noch ein anderer Fall, wenn zum Beispiel bei einer sexuell nicht erregten Person eine erogene Zone, etwa die Brusthaut eines Weibes, durch Berührung gereizt wird. Diese Berührung ruft bereits ein Lustgefühl hervor, ist aber gleichzeitig wie nichts anderes geeignet, die sexuelle Erregung zu wecken, die nach einem Mehr von Lust verlangt. Wie es zugeht, dass die empfundene Lust das Bedürfnis nach größerer Lust hervorruft, das ist eben das Problem.

Unter der Lust, welche diese Erregung gewährt, wird diesmal auf reflektorischem Wege die motorische Energie gewonnen, welche die Herausbeförderung der Geschlechtsstoffe besorgt. Diese letzte Lust ist ihrer Intensität nach die höchste, in ihrem Mechanismus von der früheren verschieden. Sie wird ganz durch Entlastung hervorgerufen, ist ganz Befriedigungslust und mit ihr erlischt zeitweilig die Spannung der Libido.

Es scheint mir nicht unberechtigt, diesen Unterschied in dem Wesen der Lust durch Erregung erogener Zonen und der anderen bei Entleerung der Sexualstoffe durch eine Namengebung zu fixieren. Die erstere kann passend als Vorlust bezeichnet werden im Gegensatz zur Endlust oder Befriedigungslust der Sexualtätigkeit. Die Vorlust ist dann dasselbe, was bereits der infantile Sexualtrieb, wenngleich in verjüngtem Maße, ergeben konnte; die Endlust ist neu, also wahrscheinlich an Bedingungen geknüpft, die erst mit der Pubertät eingetreten sind. Die Formel für die neue Funktion der erogenen Zonen lautete nun: Sie werden dazu verwendet, um mittels der von ihnen wie im infantilen Leben zu gewinnenden Vorlust die Herbeiführung der größeren Befriedigungslust zu ermöglichen.

Es ist überaus lehrreich, dass die deutsche Sprache der im Text erwähnten Rolle der vorbereitenden sexuellen Erregungen, welche gleichzeitig einen Anteil Befriedigung und einen Beitrag zur Sexualspannung liefern, im Gebrauche des Wortes »Lust« Rechnung trägt. »Lust« ist doppelsinnig und bezeichnet ebensowohl die Empfindung der Sexualspannung (Ich habe Lust = ich möchte, ich verspüre den Drang) als auch die der Befriedigung.

Die bei dieser Pubertätsverdrängung des Weibes geschaffene Verstärkung der Sexualhemmnisse ergibt dann einen Reiz für die Libido des Mannes und nötigt dieselbe zur Steigerung ihrer Leistungen: mit der Höhe der Libido steigt dann auch die Sexualüberschätzung, die nur für das sich weigernde, seine Sexualität verleugnende Weib im vollen Maße zu haben ist. Die Klitoris behält dann die Rolle, wenn sie beim endlich zugelassenen Sexualakt selbst erregt wird, diese Erregung an die benachbarten weiblichen Teile weiter zu leiten, etwa wie ein Span Kienholz dazu benützt werden kann, das härtere Brennholz in Brand zu setzen. Es nimmt oft eine gewisse Zeit in Anspruch.

Triebbefriedigung ist immer lustvoll.

Eigentlich ist der ganze Körper eine [...] erogene Zone.

Ja meine Herren, ich habe gar nichts gegen die Organlust einzuwenden; ich weiß, dass die höchste Lust der sexuellen Vereinigung auch nur eine an die Tätigkeit der Genitalien gebundene Organlust ist.

Im Falle des Triebes kann die Flucht nichts nützen, denn das Ich kann sich nicht selbst entfliehen.

Die psychoanalytische Arbeit sieht sich immer wieder vor die Aufgabe gestellt, den Kranken zum Verzicht auf einen naheliegenden und unmittelbaren Lustgewinn zu bewegen. Er soll nicht auf Lust überhaupt verzichten; das kann man vielleicht keinem Menschen zumuten, und selbst die Religion muss ihre Forderung, irdische Lust fahren zu lassen, mit dem Versprechen begründen, dafür ein ungleich höheres Maß von wertvollerer Lust in einem Jenseits zu gewähren.

Im Vergleich zur Armseligkeit dieser Aufzählung muss es auffallen, dass Objekte und Inhalte eines anderen Kreises durch eine außerordentlich reichhaltige Symbolik dargestellt werden. Es ist dies der Kreis des Sexuallebens, der Genitalien, der Geschlechtsvorgänge, des Geschlechtsverkehrs. Die übergroße Mehrzahl der Symbole im Traum sind Sexualsymbole. Es stellt sich dabei ein merkwürdiges Missverhältnis heraus. Der bezeichneten Inhalte sind nur wenige, der Symbole für sie ungemein viele, so dass jedes dieser Dinge durch zahlreiche, nahezu gleichwertige Symbole ausgedrückt werden kann. Bei der Deutung ergibt sich dann etwas, was allgemein Anstoß erregt. Die Symboldeutungen sind im Gegensatze zur Mannigfaltigkeit der Traumdarstellungen sehr monoton. Das missfällt jedem, der davon erfährt; aber was ist dagegen zu tun?

Da es das erstemal ist, dass in dieser Vorlesung von

Inhalten des Sexuallebens gesprochen wird, bin ich Ihnen Rechenschaft über die Art schuldig, wie ich dieses Thema zu behandeln gedenke. Die Psychoanalyse findet keinen Anlass zu Verhüllungen und Andeutungen, hält es nicht für nötig, sich der Beschäftigung mit diesem wichtigen Stoff zu schämen, meint, es sei korrekt und anständig, alles bei seinem richtigen Namen zu nennen, und hofft, auf solche Weise störende Nebengedanken am ehesten ferne zu halten. Daran kann der Umstand, dass man vor einem aus beiden Geschlechtern gemischten Zuhörerkreis spricht, nichts ändern. So wie es keine Wissenschaft in usum delphini gibt, so auch keine für Backfischchen, und die Damen unter Ihnen haben durch ihr Erscheinen in diesem Hörsaal zu verstehen gegeben, dass sie den Männern gleichgestellt werden wollen.

Für das männliche Genitale also hat der Traum eine Anzahl von symbolisch zu nennenden Darstellungen, bei denen das gemeinsame der Vergleichung meist sehr einleuchtend ist. Vor allem ist für das männliche Genitale im ganzen die heilige Zahl 3 symbolisch bedeutsam. Der auffälligere und beiden Geschlechtern interessante Bestandteil des Genitales, das männliche Glied, findet symbolischen Ersatz erstens durch Dinge, die ihm in der Form ähnlich, also lang und hochragend sind, wie: Stöcke, Schirme, Stangen, Bäume und dgl. Ferner durch Gegenstände, die die Eigenschaft des In-den-Körper-Eindringens und Verletzens mit dem Bezeichneten gemein haben, also spitzige Waffen jeder Art, Messer, Dolche, Lanzen, Säbel, aber ebenso durch Schießwaffen: Gewehre, Pistolen und den durch seine Form so sehr dazu tauglichen Revolver. In den ängstlichen Träumen der Mädchen spielt die Verfolgung durch einen Mann mit einem Messer oder einer Schusswaffe eine große Rolle. Es ist dies der vielleicht häufigste Fall der Traumsymbolik, den Sie sich nun leicht übersetzen können. Ohne weiteres verständlich ist auch der Ersatz des männlichen Gliedes durch Gegenstände, aus denen Wasser fließt: Wasserhähne, Gießkannen, Springbrunnen, und durch andere Objekte, die einer Verlängerung fähig sind, wie Hängelampen, vorschiebbare Bleistifte usw. Dass Bleistifte, Federstiele, Nagelfeilen, Hämmer und andere Instrumente unzweifelhafte männliche Sexualsymbole sind, hängt mit einer gleichfalls nicht ferne liegenden Auffassung des Organs zusammen.

Die merkwürdige Eigenschaft des Gliedes, sich gegen die Schwerkraft aufrichten zu können, eine Teilerscheinung der Erektion, führt zur Symboldarstellung durch Luftballone, Flugmaschinen und neuesten Datums durch das Zeppelinsche Luftschiff. Der Traum kennt aber noch eine andere, weit ausdrucksvollere Art, die Erektion zu symbolisieren. Er macht das Geschlechtsglied zum Wesentlichen der ganzen Person und lässt diese selbst fliegen.

Lassen Sie sich's nicht nahe gehen, dass die oft so schönen Flugträume, die wir alle kennen, als Träume von allgemeiner sexueller Erregung, als Erektionsträume gedeutet werden müssen.

Alle der Verlängerung fähigen Gegenstände sind Symbole des männlichen Gliedes.

Das weibliche Genitale wird symbolisch dargestellt durch alle jene Objekte, die seine Eigenschaft teilen, einen Hohlraum einzuschließen, der etwas in sich aufnehmen kann. Also durch Schachte, Gruben und Höhlen, durch Gefäße und Flaschen, durch Schachteln, Dosen, Koffer, Büchsen, Kisten, Taschen usw. Auch das Schiff gehört in diese Reihe. Manche Symbole haben mehr Beziehung auf den Mutterleib als auf das Genitale des Weibes, so: Schränke, Öfen und vor allem das Zimmer. Die Zimmersymbolik stößt hier an die Haussymbolik, Türe und Tor werden wiederum zu Symbolen der Genitalöffnung. Aber auch Stoffe sind Symbole des Weibes, das Holz, das Papier, und Gegenstände, die aus diesen Stoffen bestehen, wie der Tisch und das Buch. Von Tieren sind wenigstens Schnecke und Muschel als unverkennbare weibliche Symbole anzuführen; von Körperteilen der Mund zur Vertretung der Genitalöffnung, von Bauwerken Kirche und Kapelle. Wie Sie sehen, sind nicht alle Symbole gleich gut verständlich.

Zu den Genitalien müssen die Brüste gerechnet werden, die wie die größeren Hemisphären des weiblichen Körpers ihre Darstellung finden in Äpfeln, Pfirsichen, Früchten überhaupt. Die Genitalbehaarung beider Geschlechter beschreibt der Traum als Wald und Gebüsch. Die komplizierte Topographie der weiblichen Geschlechtsteile macht es begreiflich, dass diese sehr häufig als Landschaft mit Fels, Wald und Wasser dargestellt werden, während der imposante Mechanismus des männlichen Geschlechtsapparates dazu führt, dass alle Arten von schwer zu beschreibenden komplizierten Maschinen Symbole desselben werden.

Ein erwähnenswertes Symbol des weiblichen Genitales ist noch das Schmuckkästchen; Schmuck und Schatz sind Bezeichnungen der geliebten Person auch im Traume, Süßigkeiten eine häufige Darstellung des Geschlechtsgenusses. Die Befriedigung am eigenen Genitale wird durch jede Art von Spielen angedeutet, auch durch das Klavierspiel. Exquisit symbolische Darstellungen der Onanie sind das Gleiten und Rutschen sowie das Abreißen eines Astes. Ein besonders merkwürdiges Traumsymbol ist der Zahnausfall oder das Zahnausziehen. Es bedeutet sicherlich zunächst die Kastration als Bestrafung für die Onanie. Besondere Darstellungen für den Verkehr der Geschlechter findet man im Traume weniger zahlreich, als man nach den bisherigen Mitteilungen erwarten konnte. Rhythmische Tätigkeiten wie Tanzen, Reiten und Steigen sind hier zu nennen, auch gewaltsame Erlebnisse wie das Überfahrenwerden. Dazu gewisse Handwerkstätigkeiten und natürlich die Bedrohung mit Waffen.

Sie müssen sich die Verwendung wie die Übersetzung dieser Symbole nicht ganz einfach vorstellen. Es kommt dabei allerlei vor, was unserer Erwartung widerspricht.

Man könnte von der Psychoanalyse sagen, wer ihr den kleinen Finger gibt, den hält sie schon bei der ganzen Hand.

Vor einiger Zeit wurde es mir bekannt, dass ein uns ferner stehender Psychologe sich an einen von uns mit der Bemerkung gewendet, wir überschätzten doch gewiss die geheime sexuelle Bedeutung der Träume. Sein häufigster Traum sei, eine Stiege hinaufzusteigen, und da sei doch gewiss nichts Sexuelles dahinter. Durch diesen Einwand aufmerksam gemacht, haben wir dem Vorkommen von Stiegen,

Treppen, Leitern im Traume Aufmerksamkeit geschenkt und konnten bald feststellen, dass die Stiege (und was ihr analog ist) ein sicheres Koitussymbol darstellt. Die Grundlage der Vergleichung ist nicht schwer aufzufinden; in rhythmischen Absätzen, unter zunehmender Atemnot kommt man auf eine Höhe und kann dann in ein paar raschen Sprüngen wieder unten sein. So findet sich der Rhythmus des Koitus im Stiegensteigen wieder.

Man darf sagen, es gibt keinen Vorstellungskreis, der sich der Darstellung sexueller Tatsachen und Wünsche verweigern würde.

IV

Das in einem entscheidenden Punkt verkürzte Geschlecht

Zahlreiche Frauen, die an der Aufgabe, ihre sexuellen Gefühle zu verbergen, schwer genug durchs Leben zu tragen haben, finden sich erleichtert, wenn sie beim Arzte merken, dass hier keine andere Rücksicht über die ihrer Heilung gesetzt ist, und danken es ihm, dass sie sich auch einmal in sexuellen Dingen rein menschlich gebärden dürfen.

Junge Frauen, die bei den ersten Kohabitationen anästhetisch* geblieben sind, verfallen nicht selten der Angstneurose, die wieder verschwindet, nachdem die Anästhesie normaler Empfindlichkeit Platz gemacht hat. [...] man kann sich bei der Analyse einer großen Anzahl von Beispielen leicht überzeugen, dass es nur darauf ankommt, ob die Frau beim Koitus zur Befriedigung gelangt oder nicht. Im letzteren Falle ist die Bedingung für die Entstehung der Angstneurose gegeben. Dagegen bleibt die Frau von der Neurose verschont, wenn der mit Ejaculatio praecox** behaftete

* Bei den ersten Malen des Geschlechtsverkehrs unempfindlich/gefühllos bleiben.

** Vorzeitiger Samenerguss.

Mann den Congressus unmittelbar darauf mit besserem Erfolge wiederholen kann. Der Congressus reservatus* mittels des Kondoms stellt für die Frau keine Schädlichkeit dar, wenn sie sehr rasch erregbar und der Mann sehr potent ist; im andern Falle steht diese Art des Präventivverkehrs den andern an Schädlichkeit nicht nach. Der Coitus interruptus ist fast regelmäßig eine Schändlichkeit; für die Frau wird er es aber nur dann, wenn der Mann ihn rücksichtslos übt, d.h. den Koitus unterbricht, sobald er der Ejakulation nahe ist, ohne sich um den Ablauf der Erregung der Frau zu kümmern. Wartet der Mann im Gegenteile die Befriedigung der Frau ab, so hat ein solcher Koitus für letztere die Bedeutung eines normalen.

Die Frauen sind ja in ihrer Mehrheit als »potent« zu nehmen.

Tische, gedeckte Tische und Bretter sind gleichfalls Frauen, wohl des Gegensatzes wegen, der hier die Körperwölbungen aufhebt. »Holz« scheint überhaupt nach seinen sprachlichen Beziehungen ein Vertreter des weiblichen Stoffes (Materie) zu sein.

* Geschützter Geschlechtsverkehr.

Sie hatte während der Verblutungsszene ihre Besinnung nicht verloren; als ich etwas wankend ins Zimmer kam, empfing sie mich mit der überlegenen Bemerkung: Das ist das starke Geschlecht.

Ich glaube nicht, dass mich das Blut überwältigt hat; es drängten sich damals bei mir die Affekte. Wir hatten ihr also unrecht getan; sie war gar nicht abnorm gewesen.

Die Grenze dieses Ekels ist aber häufig rein konventionell; wer etwa mit Inbrunst die Lippen eines schönen Mädchens küsst, wird vielleicht das Zahnbürstchen desselben nur mit Ekel gebrauchen können, wenngleich kein Grund zur Annahme vorliegt, dass seine eigene Mundhöhle, vor der ihm nicht ekelt, reinlicher sei als die des Mädchens. Man wird hier auf das Moment des Ekels aufmerksam, welches der libidinösen Überschätzung des Sexualobjekts in den Weg tritt, seinerseits aber durch die Libido überwunden werden kann. In dem Ekel möchte man eine der Mächte erblicken, welche die Einschränkung des Sexualzieles zustande gebracht haben. In der Regel machen diese vor den Genitalien selbst Halt. Es ist aber kein Zweifel, dass auch die Genitalien des anderen Geschlechts an und für sich Gegenstand des Ekels sein können, und dass dieses Verhalten zur Charakteristik aller Hysterischen (zumal der weiblichen) ge-

Psychoanalytischer Kongress, Weimar 1911,
mit Freud in der Mitte auf einem Podest

hört. Die Stärke des Sexualtriebes liebt es, sich in der Überwindung dieses Ekels zu betätigen.

Für die Mädchen mit übergroßem Zärtlichkeitsbedürfnis und ebensolchem Grausen vor den realen Anforderungen des Sexuallebens wird es zu einer unwiderstehlichen Versuchung, sich einerseits das Ideal der asexuellen Liebe im Leben zu verwirklichen und andererseits ihre Libido hinter einer Zärtlichkeit, die sie ohne Selbstvorwurf äußern dürfen, zu verbergen.

Der Stolz auf die Gestaltung der Genitalien ist bei unseren Frauen ein ganz besonderes Stück ihrer Eitelkeit.

Wir kennen die Charaktere eines »weiblichen Gehirns« nicht.

Eine spezielle Anwendung dieses Satzes von der Vorbildlichkeit des Sexuallebens für andere Funktionsausübung kann man leicht am ganzen Geschlechte der Frauen konstatieren. Die Erziehung versagt ihnen die intellektuelle Beschäftigung mit den Sexualproblemen, für die sie doch die größte Wissbegierde mitbringen, schreckt sie mit der Verurteilung, dass solche Wissbegierde unweiblich und Zeichen sündiger Veranlagung sei. Damit sind sie vom Denken überhaupt abgeschreckt, wird das Wissen für sie entwertet. Das Denkverbot greift über die sexuelle Sphäre hinaus, zum Teil infolge der unvermeidlichen Zusammenhänge, zum Teil automatisch, ganz ähnlich wie das religiöse Denkverbot bei Männern, das loyale bei braven Untertanen. Ich glaube nicht, dass der biologische Gegensatz zwischen intellektueller Arbeit und Geschlechtstätigkeit den »physiologischen Schwachsinn« der Frau erklärt, wie Moebius es in seiner vielfach widersprochenen Schrift dargetan hat. Dagegen meine ich, dass die unzweifelhafte Tatsache der intellektuellen Inferiorität so vieler Frauen auf die zur Sexualunterdrückung erforderliche Denkhemmung zurückzuführen ist.

Diese [...] Bedingung besagt, dass das keusche und unverdächtige Weib niemals den Reiz ausübt, der es zum Liebesobjekt erhebt, sondern nur das irgendwie sexuell anrüchige, an dessen Treue und Verlässlichkeit ein Zweifel gestattet ist. Dieser letztere Charakter mag in einer bedeutungsvollen Reihe variieren, von dem leisen Schatten auf dem Ruf einer dem Flirt nicht abgeneigten Ehefrau bis zur offenkundig polygamen Lebensführung einer Kokotte oder Liebeskünstlerin, aber auf irgend etwas dieser Art wird von den zu unserem Typus Gehörigen nicht verzichtet. Man mag diese Bedingung mit etwas Vergröberung die der »Dirnenliebe« heißen.

Am überraschendsten wirkt auf den Beobachter die bei den Liebenden dieses Typus sich äußernde Tendenz, die Geliebte zu »retten«. Der Mann ist überzeugt, dass die Geliebte seiner bedarf, dass sie ohne ihn jeden sittlichen Halt verlieren und rasch auf ein bedauernswertes Niveau herabsinken würde. Er rettet sie also, indem er nicht von ihr lässt. Die Rettungsabsicht kann sich in einzelnen Fällen durch die Berufung auf die sexuelle Unverlässlichkeit und die sozial gefährdete Position der Geliebten rechtfertigen; sie tritt aber nicht minder deutlich hervor, wo solche Anlehnungen an die Wirklichkeit fehlen. Einer der zum beschriebenen Typus gehörigen Männer, der seine Damen durch kunstvolle Verführung und spitzfindige Dialektik zu gewinnen verstand, scheute dann im Liebesverhältnis keine Anstrengung, um die jeweilige Geliebte durch selbstverfasste Traktate auf dem Wege der »Tugend« zu erhalten.

Denken Sie daran, wie häufig in früheren Zeiten die Halluzination der heiligen Jungfrau bei Bauernmädchen war. Solange eine solche Erscheinung einen großen Zulauf von Gläubigen, etwa noch die Erbauung einer Kapelle am Gnadenorte zur Folge hatte, war der visionäre Zustand dieser Mädchen einer Beeinflussung unzugänglich. Heute hat selbst die Geistlichkeit ihre Stellung zu diesen Erscheinungen verändert; sie gestattet, dass der Gendarm und der Arzt die Visionärin besuchen, und seitdem erscheint die Jungfrau nur sehr selten. [...] Nehmen Sie an, ein aus Herren und Damen der guten Gesellschaft bestehender Kreis habe einen Tagesausflug nach einem im Grünen gelegenen Wirtshause verabredet. Die Damen haben miteinander ausgemacht, wenn eine von ihnen ein natürliches Bedürfnis befriedigen wolle, so werde sie laut sagen: sie gehe jetzt Blumen pflücken; ein Boshafter sei aber hinter dieses Geheimnis gekommen und habe auf das gedruckte und an die Teilnehmer verschickte Programm setzen lassen: Wenn die Damen auf die Seite gehen wollen, mögen sie sagen, sie gehen Blumen pflücken. Natürlich wird keine der Damen mehr sich dieser Verblümung bedienen wollen, und ebenso erschwert werden ähnliche neu verabredete Formeln sein. Was wird die Folge sein? Die Damen werden sich ohne Scheu zu ihren natürlichen Bedürfnissen bekennen und keiner der Herren wird daran Anstoß nehmen.

Vor einigen Tagen erschien in meiner Sprechstunde in Begleitung einer schützenden Freundin eine ältere Dame, die über Angstzustände klagte. Sie war in der zweiten Hälfte der Vierzigerjahre, ziemlich gut erhalten, hatte offenbar mit ihrer Weiblichkeit noch nicht abgeschlossen. Anlass des Ausbruches der Zustände war die Scheidung von ihrem letzten Manne; die Angst hatte aber nach ihrer Angabe eine erhebliche Steigerung erfahren, seitdem sie einen jungen Arzt in ihrer Vorstadt konsultiert hatte; denn dieser hatte ihr auseinandergesetzt, dass die Ursache ihrer Angst ihre sexuelle Bedürftigkeit sei. Sie könne den Verkehr mit dem Manne nicht entbehren, und darum gebe es für sie nur drei Wege zur Gesundheit, entweder sie kehre zu ihrem Manne zurück, oder sie nehme einen Liebhaber, oder sie befriedige sich selbst. Seitdem sei sie überzeugt, dass sie unheilbar sei, denn zu ihrem Manne zurück wolle sie nicht, und die beiden anderen Mittel widerstreben ihrer Moral und ihrer Religiosität.

Auf der Höhe seines Lebens, in den ersten Fünfzigerjahren, zu einer Zeit, da beim Weibe die Geschlechtscharaktere bereits rückgebildet sind, beim Manne nicht selten die Libido noch einen energischen Vorstoß wagt, kommt eine neue Wandlung über ihn.

Der Mann wird nicht selten durch die Enttäuschung beim Weibe zum Alkohol getrieben, das heißt aber in der Regel, er begibt sich ins Wirtshaus und in die Gesellschaft der Männer, die ihm die in seinem Heim beim Weibe vermisste Gefühlsbefriedigung gewährt.

Es ist bekannt und hat den Menschen viel Stoff zur Klage gegeben, dass die Frauen häufig, nachdem sie ihre Genitalfunktionen aufgegeben haben, ihren

Charakter in eigentümlicher Weise verändern. Sie werden zänkisch, quälerisch und rechthaberisch, kleinlich und geizig, zeigen also typische sadistische und analerotische Züge, die ihnen vorher in der Epoche der Weiblichkeit nicht eigen waren. Lustspieldichter und Satiriker haben zu allen Zeiten ihre Invektiven gegen den »alten Drachen« gerichtet, zu dem das holde Mädchen, die liebende Frau, die zärtliche Mutter geworden ist.

Ein geistreicher junger Philosoph, mit exquisiten ästhetischen Einstellungen, beeilt sich, den Hosenstreif* zurechtzuzupfen, ehe er sich zur ersten Behandlung niederlegt; er erweist sich als dereinstiger Koprophile** von höchstem Raffinement, wie es für den späteren Ästheten zu erwarten stand. Ein junges Mädchen zieht in der gleichen Situation hastig den Saum ihres Rockes über den vorschauenden Knöchel; sie hat damit das Beste verraten, was die spätere Analyse aufdecken wird, ihren narzisstischen Stolz auf ihre Körperschönheit und ihre Exhibitionsneigungen.

* Hosenbund.

** Jemand, der krankhaftes Interesse an den eigenen Ausscheidungen hat.

Ein Mann wählt zwischen drei – Kästchen. Wenn wir es mit einem Traum zu tun hätten, würden wir sofort daran denken, dass die Kästchen auch Frauen sind, Symbole des Wesentlichen an der Frau und darum der Frau selbst, wie Büchsen, Dosen, Schachteln, Körbe usw. Gestatten wir uns eine solche symbolische Ersetzung auch beim Mythus anzunehmen, so wird die Kästchenszene im »Kaufmann von Venedig« wirklich zur Umkehrung, die wir vermutet haben. Mit einem Rucke, wie er sonst nur im Märchen beschrieben wird, haben wir unserem Thema das astrale Gewand abgestreift.

Hat man eben einer neurotischen Patientin den Glauben geschenkt, dass sie krank werden musste, weil sie unschön, missgebildet, reizlos sei, so dass niemand sie lieben könne, so wird man durch die nächste Neurotika eines Besseren belehrt, die in Neurose und Sexualablehnung verharrt, obwohl sie über das Durchschnittsmaß begehrenswert erscheint und begehrt wird. Die hysterischen Frauen gehören in ihrer Mehrzahl zu den anziehenden und selbst schönen Vertreterinnen ihres Geschlechts, [...].

Anderseits ist es eine peinliche Rolle für den Mann, den Abweisenden und Versagenden zu spielen, wenn das Weib um Liebe wirbt, und von einer edlen Frau, die sich zu ihrer Leidenschaft bekennt, geht trotz Neurose und Widerstand ein unvergleichbarer Zauber aus. Nicht das grobsinnliche Verlangen der Patientin stellt die Versuchung her. Dies wirkt ja eher abstoßend und ruft alle Toleranz auf, um es als natürliches Phänomen gelten zu lassen. Die feineren und zielgehemmten Wunschregungen des Weibes sind es vielleicht, die die Gefahr mit sich bringen, Technik und ärztliche Aufgabe über ein schönes Erlebnis zu vergessen.

Und doch bleibt für den Analytiker das Nachgeben ausgeschlossen. So hoch er die Liebe schätzen mag, er muss es höher stellen, dass er die Gelegenheit hat, seine Patientin über eine entscheidende Stufe ihres Lebens zu heben. Sie hat von ihm die Überwindung des Lustprinzips zu lernen.

Aus welchen geringfügigen Anzeichen schließen Sie, die jungen Männer unter Ihnen, dass Sie die Neigung einer Dame gewonnen haben? Warten Sie dafür eine ausdrückliche Liebeserklärung, eine stürmische Umarmung ab, oder reicht Ihnen nicht ein von anderen kaum bemerkter Blick, eine flüchtige Bewegung, eine Verlängerung des Händedrucks um eine Sekunde aus?

Die Forderung, das Mädchen dürfe in die Ehe mit dem einen Manne nicht die Erinnerung an Sexualverkehr mit einem anderen mitbringen, ist ja nichts anderes als die konsequente Fortführung des ausschließlichen Besitzrechtes auf ein Weib, welches das Wesen der Monogamie ausmacht, die Erstreckung dieses Monopols auf die Vergangenheit.

Es fällt uns dann nicht schwer, was zuerst ein Vorurteil zu sein schien, aus unseren Meinungen über das Liebesleben des Weibes zu rechtfertigen. Wer zuerst die durch lange Zeit mühselig zurückgehaltene Liebessehnsucht der Jungfrau befriedigt und dabei die Widerstände überwunden hat, die in ihr durch die Einflüsse von Milieu und Erziehung aufgebaut waren, der wird von ihr in ein dauerndes Verhältnis gezogen, dessen Möglichkeit sich keinem anderen mehr eröffnet. Auf Grund dieses Erlebnisses stellt sich bei der Frau ein Zustand von Hörigkeit her, die die ungestörte Fortdauer ihres Besitzes verbürgt und sie widerstandsfähig macht gegen neue Eindrücke und fremde Versuchungen.

Den Ausdruck »geschlechtliche Hörigkeit« hat 1892 v. Krafft-Ebing zur Bezeichnung der Tatsache gewählt, dass eine Person einen ungewöhnlich hohen

Grad von Abhängigkeit und Unselbständigkeit gegen eine andere Person erwerben kann, mit welcher sie im Sexualverkehr steht. Diese Hörigkeit kann gelegentlich sehr weit gehen, bis zum Verlust jedes selbständigen Willens und bis zur Erduldung der schwersten Opfer am eigenen Interesse; der Autor hat aber nicht versäumt zu bemerken, dass ein gewisses Maß solcher Abhängigkeit »durchaus notwendig ist, wenn die Verbindung einige Dauer haben soll.« Ein solches Maß von sexueller Hörigkeit ist in der Tat unentbehrlich zur Aufrechterhaltung der kulturellen Ehe und zur Hintanhaltung der sie bedrohenden polygamen Tendenzen.

Wir schätzen es als die normale Reaktion ein, dass die Frau nach dem Koitus auf der Höhe der Befriedigung den Mann umarmend an sich presst, sehen darin einen Ausdruck ihrer Dankbarkeit und eine Zusage dauernder Hörigkeit. Wir wissen aber, es ist keineswegs die Regel, dass auch der erste Verkehr dies Benehmen zur Folge hätte; sehr häufig bedeutet der bloß eine Enttäuschung für das Weib, das kühl und unbefriedigt bleibt, und es bedarf gewöhnlich längerer Zeit und häufigerer Wiederholung des Sexualaktes, bis sich bei diesem die Befriedigung auch für das Weib einstellt.

Die so häufigen Versuche, vor dem ersten Sexualverkehr die Flucht zu ergreifen, möchte ich hier nicht heranziehen, weil sie mehrdeutig und in erster Linie, wenn auch nicht durchaus, als Ausdruck des allgemeinen weiblichen Abwehrbestrebens aufzufassen sind. Dagegen glaube ich, dass gewisse pathologische Fälle ein Licht auf das Rätsel der weiblichen Frigidität werfen, in denen die Frau nach dem ersten, ja nach jedem neuerlichen Verkehr ihre Feindseligkeit gegen den Mann unverhohlen zum Ausdruck bringt, indem sie ihn beschimpft, die Hand gegen ihn erhebt oder ihn tatsächlich schlägt. In einem ausgezeichneten Falle dieser Art, den ich einer eingehenden Analyse unterziehen konnte, geschah dies, obwohl die Frau den Mann sehr liebte, den Koitus selbst zu fordern pflegte und in ihm unverkennbar hohe Befriedigung fand.

Der Ehemann ist sozusagen immer nur ein Ersatzmann, niemals der Richtige.

Allmählich näherten sich die zur Brudermasse Verbundenen einer Herstellung des alten Zustandes auf neuem Niveau, der Mann wurde wiederum Oberhaupt einer Familie und brach die Vorrechte der Frauenherrschaft, die sich in der vaterlosen Zeit festgesetzt hatte. Zur Entschädigung mag er damals die Muttergottheiten anerkannt haben, deren Priester kastriert wurden zur Sicherung der Mutter nach dem Beispiel, das der Vater der Urhorde gegeben hatte; doch war die neue Familie nur ein Schatten der alten, der Väter waren viele und jeder durch die Rechte des anderen beschränkt. [...]

In der lügenhaften Umdichtung der Urzeit wurde das Weib, das der Kampfpreis und die Verlockung des Mordes gewesen war, wahrscheinlich zur Verführerin und Anstifterin der Untat.

Bei Frauen, die viel Liebeserfahrungen gehabt haben, glaubt man, die Rückstände ihrer Objektbesetzungen in ihren Charakterzügen leicht nachweisen zu können.

Die »Lücken« sind die Genitalöffnungen der zu Bette gehenden Frauen: »da fehlt etwas« beschreibt den Hauptcharakter des weiblichen Genitales.

Ferner deutet der zweite Traum auf die infantile Sexualtheorie hin, dass die Mädel durch Kastration aus Buben hervorgehen. Nachdem ich ihr diese Kindermeinung vorgetragen, findet sie sofort eine Bestätigung hiefür in der Kenntnis der Anekdote, dass der Bub das Mädel fragt: Abgeschnitten? worauf das Mädel antwortet: Nein, immer so g'west.

Es ist so, als ob diese Frauen begriffen hätten – was als Motiv doch unmöglich gewesen sein kann –, dass die Natur dem Weibe das Kind zum Ersatz für das andere gegeben hat, was sie ihm versagen musste. [...]

Wir können angeben, welches Schicksal der infantile Wunsch nach dem Penis erfährt, wenn die Bedingungen der Neurose im späteren Leben ausbleiben. Er verwandelt sich dann in den Wunsch nach dem Mann, er lässt sich also den Mann als Anhängsel an den Penis gefallen.

Das Kind meint, nur unwürdige weibliche Personen, die sich wahrscheinlich ähnlicher unerlaubter Regungen schuldig gemacht haben wie es selbst, hätten das Genitale eingebüßt. Respektierte Frauen aber wie die Mutter behalten den Penis noch lange. Weibsein fällt eben für das Kind noch nicht mit Penismangel zusammen.

Es ist nicht unwichtig, sich vorzuhalten, welche Wandlungen die uns geläufige geschlechtliche Polarität während der kindlichen Sexualentwicklung durchmacht. Ein erster Gegensatz wird mit der Objektwahl, die ja Subjekt und Objekt voraussetzt, eingeführt. Auf der Stufe der prägenitalen sadistisch-analen Organisation ist von männlich und weiblich noch nicht zu reden, der Gegensatz von aktiv und passiv ist der herrschende. Auf der nun folgenden Stufe der infantilen Genitalorganisation gibt es zwar ein männlich, aber kein weiblich; der Gegensatz lautet hier: männliche Genitale oder kastriert. Erst mit der Vollendung der Entwicklung zur Zeit der Pubertät fällt die sexuelle Polarität mit männlich und weiblich zusammen. Das Männliche fasst das Subjekt, die Aktivität und den Besitz des Penis zusammen, das Weibliche setzt das Objekt und die Passivität fort. Die Vagina wird nun als Herberge des Penis geschätzt, sie tritt das Erbe des Mutterleibes an.

Die feministische Forderung nach Gleichberechtigung der Geschlechter trägt hier nicht weit, der morphologische Unterschied muss sich in Verschiedenheiten der psychischen Entwicklung äußern. Die Anatomie ist das Schicksal, um ein Wort Napoleons zu variieren. Die Klitoris des Mädchens benimmt sich zunächst ganz wie ein Penis, aber das Kind nimmt durch die Vergleichung mit einem männlichen Gespielen wahr, dass es »zu kurz gekommen« ist, und empfindet diese Tatsache als Benachteiligung und Grund zur Minderwertigkeit. Es tröstet sich noch eine Weile mit der Erwartung, später, wenn es heranwächst, ein ebenso großes Anhängsel wie ein Bub zu bekommen.

Von einer Kastrationsangst im richtigen Sinne kann man bei bereits vollzogener Kastration doch nicht sprechen.

Wenn das Weib einen Penis besitzt wie andere Lebewesen, braucht man für den Fortbesitz des eigenen Penis nicht zu zittern.

Aller Akzent fällt auf das männliche Glied, alles Interesse richtet sich darauf, ob dies vorhanden ist oder nicht. Vom Geschlechtsleben des kleinen Mädchens wissen wir weniger als von dem des Knaben. Wir brauchen uns dieser Differenz nicht zu schämen; ist doch auch das Geschlechtsleben des erwachsenen Weibes ein *dark continent* für die Psychologie. Aber wir haben erkannt, dass das Mädchen den Mangel eines dem männlichen gleichwertigen Geschlechtsgliedes schwer empfindet, sich darum für minderwertig hält, und dass dieser »Penisneid« einer ganzen Reihe charakteristisch weiblicher Reaktionen den Ursprung gibt.

Zwei Reaktionen werden aus diesem Zusammentreffen hervorgehen, die sich fixieren können und dann jede einzeln oder beide vereint oder zusammen mit anderen Momenten sein Verhältnis zum Weib dauernd bestimmen werden: Abscheu vor dem verstümmelten Geschöpf oder triumphierende Geringschätzung desselben. Aber diese Entwicklungen gehören einer, wenn auch nicht weit entfernten Zukunft an.

Anders das kleine Mädchen. Sie ist im Nu fertig mit ihrem Urteil und ihrem Entschluss. Sie hat es gesehen, weiß, dass sie es nicht hat, und will es haben.

Da lässt sich eben nicht viel machen, die Natur muss helfen oder die Zeit. Also beim Weib zuerst die Menstruation, dann die Heirat, später die Menopause. Am Ende hilft wirklich der Tod.

Meine wirkliche Meinung in dieser Frage könnte ich klar machen, indem ich einen Zynismus kopiere, der einst im Simplicissimus über die Frauen vorgebracht wurde. Dort beklagte sich einer der Partner über die Schwächen und Schwierigkeiten des schöneren Geschlechts, worauf der andere bemerkte: Die Frau ist aber doch das Beste, was wir in der Art haben.

So verdankt der Fuß oder Schuh seine Bevorzugung als Fetisch – oder ein Stück derselben – dem Umstand, dass die Neugierde des Knaben von unten, von den Beinen her nach dem weiblichen Genitale gespäht hat; Pelz und Samt fixieren – wie längst vermutet wurde – den Anblick der Genitalbehaarung, auf den der ersehnte des weiblichen Gliedes hätte folgen sollen; die so häufig zum Fetisch erkorenen Wäschestücke halten den Moment der Entkleidung fest, den letzten, in dem man das Weib noch für phallisch halten durfte.

Auch die heutige Vorlesung [...] bringt nichts als beobachtete Tatsachen, fast ohne Beisatz von Spekulation, und sie beschäftigt sich mit einem Thema, das Anspruch auf Ihr Interesse hat wie kaum ein anderes. Über das Rätsel der Weiblichkeit haben die Menschen zu allen Zeiten gegrübelt: [...]

Auch Sie werden sich von diesem Grübeln nicht ausgeschlossen haben, insoferne Sie Männer sind;

von den Frauen unter Ihnen erwartet man es nicht, sie sind selbst dieses Rätsel. Männlich oder weiblich ist die erste Unterscheidung, die Sie machen, wenn Sie mit einem anderen menschlichen Wesen zusammentreffen, und Sie sind gewöhnt, diese Unterscheidung mit unbedenklicher Sicherheit zu machen.

Sie können den Begriffen männlich und weiblich keinen neuen Inhalt geben. Die Unterscheidung ist keine psychologische; wenn Sie männlich sagen, meinen Sie in der Regel »aktiv«, und wenn Sie weiblich sagen, »passiv«. Nun ist es richtig, dass eine solche Beziehung besteht. Die männliche Geschlechtszelle ist aktiv beweglich, sucht die weibliche auf und diese, das Ei, ist unbeweglich, passiv erwartend. Dies Verhalten der geschlechtlichen Elementarorganismen ist sogar vorbildlich für das Benehmen der Geschlechtsindividuen beim Sexualverkehr. Das Männchen verfolgt das Weibchen zum Zweck der sexuellen Vereinigung, greift es an, dringt in dasselbe ein. Aber damit haben Sie eben für die Psychologie den Charakter des Männlichen auf das Moment der Aggression reduziert. Sie werden zweifeln, ob Sie damit etwas Wesentliches getroffen haben, wenn Sie erwägen, dass in manchen Tierklassen die Weibchen die stärkeren und aggressiven sind, die Männchen nur aktiv bei dem einen Akt der geschlechtlichen Vereinigung. So ist es

z. B. bei den Spinnen. Auch die Funktionen der Brutpflege und Aufzucht, die uns als so exquisit weiblich erscheinen, sind bei Tieren nicht regelmäßig an das weibliche Geschlecht geknüpft. Bei recht hochstehenden Arten beobachtet man, dass die Geschlechter sich in die Aufgabe der Brutpflege teilen oder selbst, dass das Männchen sich allein ihr widmet. Selbst auf dem Gebiet des menschlichen Sexuallebens merken Sie bald, wie unzureichend es ist, das männliche Benehmen durch Aktivität, das weibliche durch Passivität zu decken. Die Mutter ist in jedem Sinn aktiv gegen das Kind, selbst vom Saugakt können Sie ebensowohl sagen, sie säugt das Kind als sie lässt sich vom Kinde säugen. Je weiter Sie sich dann vom engeren sexuellen Gebiet entfernen, desto deutlicher wird jener »Überdeckungsfehler«. Frauen können große Aktivität nach verschiedenen Richtungen entfalten, Männer können nicht mit Ihresgleichen zusammenleben, wenn sie nicht ein hohes Maß von passiver Gefügigkeit entwickeln. Wenn Sie jetzt sagen, diese Tatsachen enthielten eben den Beweis, dass Männer wie Weiber im psychologischen Sinn bisexuell sind, so entnehme ich daraus, dass Sie bei sich beschlossen haben, »aktiv« mit »männlich«, »passiv« mit »weiblich« zusammenfallen zu lassen. Aber ich rate Ihnen davon ab. Es erscheint mir unzweckmäßig und es bringt keine neue Erkenntnis.

Die Diskussion [...] hat aus dem Unterschied der Geschlechter einen besonderen Reiz bezogen, denn jedesmal, wenn eine Vergleichung zu Ungunsten ihres Geschlechts auszufallen schien, konnten unsere Damen den Verdacht äußern, dass wir, die männlichen Analytiker, gewisse tief eingewurzelte Vorurteile gegen die Weiblichkeit nicht überwunden hätten, was sich nun durch die Parteilichkeit unserer Forschung strafte. Wir hatten es dagegen auf dem Boden der Bisexualität leicht, jede Unhöflichkeit zu vermeiden. Wir brauchten nur zu sagen: Das gilt nicht für Sie. Sie sind eine Ausnahme, in diesem Punkt mehr männlich als weiblich.

Das kleine Mädchen ist in der Regel weniger aggressiv, trotzig und selbstgenügsam, es scheint mehr Bedürfnis nach Zärtlichkeit zu haben, die man ihm erweisen soll, darum abhängiger und gefügiger zu sein. Dass es sich leichter und schneller zu Beherrschung der Exkretionen erziehen lässt, ist sehr wahrscheinlich nur die Folge dieser Gefügigkeit; Harn und Stuhl sind ja die ersten Geschenke, die das Kind seinen Pflegepersonen macht, deren Beherrschung die erste Konzession, die sich das kindliche Triebleben abringen lässt. Man empfängt auch den Eindruck, dass das kleine Mädchen intelligenter, lebhafter ist als der gleichaltrige Knabe, es kommt der Außenwelt mehr entgegen, macht zur gleichen Zeit stärkere Objektbesetzungen. Ich weiß nicht, ob dieser Vorsprung der Entwicklung durch exakte Feststellungen erhärtet worden ist, jedenfalls steht es fest, dass das Mädchen nicht intellektuell rückständig genannt werden kann. Aber diese Geschlechtsunterschiede kommen nicht sehr in Betracht, sie können durch individuelle Variationen aufgewogen werden. Für die Absichten, die wir zunächst verfolgen, können wir sie vernachlässigen.

Die frühen Phasen der Libidoentwicklung scheinen beide Geschlechter in gleicher Weise durchzumachen. Man hätte erwarten können, dass sich beim Mädchen bereits in der sadistisch-analen Phase ein Zurückbleiben der Aggression äußert, aber das trifft nicht ein. Die Analyse des Kinderspiels hat unseren weiblichen Analytikern gezeigt, dass die aggressiven Impulse der kleinen Mädchen an Reichlichkeit und Heftigkeit nichts zu wünschen übrig lassen. Mit dem Eintritt in die phallische Phase treten die Unterschiede der Geschlechter vollends gegen die Übereinstimmungen zurück. Wir müssen nun anerkennen, das kleine Mädchen sei ein kleiner Mann. Diese Phase ist beim Knaben bekanntlich dadurch ausgezeichnet, dass er sich von seinem kleinen Penis lustvolle Sensationen zu verschaffen weiß und dessen erregten Zustand mit seinen Vorstellungen von sexuellem Verkehr zusammenbringt. Das nämliche tut das Mädchen mit ihrer noch kleineren Klitoris. Es scheint, dass sich bei ihr alle onanistischen Akte an diesem Penisäquivalent abspielen, dass die eigentlich weibliche Vagina noch für beide Geschlechter unentdeckt ist. Vereinzelte Stimmen berichten zwar auch von frühzeitigen vaginalen Sensationen, aber es dürfte nicht leicht sein, solche von analen oder Vorhofsensationen zu unterscheiden; auf keinen Fall können sie eine große Rolle spielen. Wir dürfen daran festhalten, dass in der phallischen Phase des Mädchens die Klitoris die leitende erogene Zone ist. Aber so soll es ja nicht bleiben, mit der Wendung zur Weiblichkeit soll die Klitoris ihre Empfindlichkeit und damit ihre Bedeutung ganz oder teilweise an die Vagina abtreten, und dies wäre die eine der beiden Aufgaben, die von der Entwicklung des Weibes zu lösen sind, während der glücklichere Mann zur Zeit der Geschlechtsreife nur fortzusetzen braucht, was er in der Periode der sexuellen Frühblüte vorgeübt hatte.

Die Entdeckung seiner Kastration ist ein Wendepunkt in der Entwicklung des Mädchens. Drei Entwicklungsrichtungen gehen von ihr aus; die eine führt zur Sexualhemmung oder zur Neurose, die nächste zur Charakterveränderung im Sinne eines Männlichkeitskomplexes, die letzte endlich zur normalen Weiblichkeit. Über alle drei haben wir ziemlich viel, wenn auch nicht alles erfahren. Der wesentliche Inhalt der ersten ist, dass das kleine Mädchen, welches bisher männlich gelebt hatte, sich durch Erregung seiner Klitoris Lust zu verschaffen wusste und diese Betätigung mit seinen oft aktiven Sexualwünschen, die der Mutter galten, in Beziehung brachte, sich durch den Einfluss des Penisneides den Genuss seiner phallischen Sexualität verderben lässt. Durch den Vergleich mit dem so viel besser ausgestatteten Knaben in seiner Selbstliebe gekränkt, verzichtet es auf die masturbatorische Befriedigung an der Klitoris, verwirft seine Liebe zur Mutter und verdrängt dabei nicht selten ein gutes Stück seiner Sexualstrebungen überhaupt. Die Abwendung von der Mutter erfolgt wohl nicht mit einem Schlag, denn das Mädchen hält seine Kastration zuerst für ein individuelles Unglück, erst allmählich dehnt sie dieselbe auf andere weibliche Wesen, endlich auch auf die Mutter aus. Ihre Liebe hatte der phallischen Mutter gegolten; mit der Entdeckung, dass die Mutter kastriert ist, wird es möglich, sie als Liebesobjekt fallen zu lassen, so dass die lange angesammelten Motive zur Feindseligkeit die Oberhand gewinnen.

Es entgeht uns nicht, dass sich das Mädchen schon früher, in der ungestörten phallischen Phase, ein Kind gewünscht hatte; das war ja der Sinn ihres Spieles mit

Puppen. Aber dies Spiel war nicht eigentlich der Ausdruck ihrer Weiblichkeit, es diente der Mutteridentifizierung in der Absicht der Ersetzung der Passivität durch Aktivität. Sie spielte die Mutter und die Puppe war sie selbst; nun konnte sie an dem Kind all das tun, was die Mutter an ihr zu tun pflegte. Erst mit dem Einmünden des Peniswunsches wird das Puppenkind ein Kind vom Vater und von da an das stärkste weibliche Wunschziel. Das Glück ist groß, wenn dieser Kinderwunsch später einmal seine reale Erfüllung findet, ganz besonders aber, wenn das Kind ein Knäblein ist, das den ersehnten Penis mitbringt. In der Zusammenstellung »Ein Kind vom Vater« ruht der Akzent häufig genug auf dem Kind und lässt den Vater unbetont. So schimmert der alte männliche Wunsch nach dem Besitz des Penis noch durch die vollendete Weiblichkeit durch. Aber vielleicht sollten wir diesen Peniswunsch eher als einen exquisit weiblichen anerkennen.

An der körperlichen Eitelkeit des Weibes ist noch die Wirkung des Penisneides mitbeteiligt, da sie ihre Reize als späte Entschädigung für die ursprüngliche sexuelle Minderwertigkeit um so höher einschätzen muss. Der Scham, die als eine exquisit weibliche Eigenschaft gilt, aber weit mehr konventionell ist, als man denken sollte, schreiben wir die ursprüngliche Absicht zu, den Defekt des Genitales zu verdecken.

Wir vergessen nicht, dass sie späterhin andere Funktionen übernommen hat. Man meint, dass die Frauen zu den Entdeckungen und Erfindungen der Kulturgeschichte wenig Beiträge geleistet haben, aber vielleicht haben sie doch eine Technik erfunden, die des Flechtens und Webens. Wenn dem so ist, so wäre man versucht, das unbewusste Motiv dieser Leistung zu erraten. Die Natur selbst hätte das Vorbild für diese Nachahmung gegeben, indem sie mit der Geschlechtsreife die Genitalbehaarung wachsen ließ, die das Genitale verhüllt. Der Schritt, der dann noch zu tun war, bestand darin, die Fasern aneinander haften zu machen, die am Körper in der Haut staken und nur miteinander verfilzt waren. Wenn Sie diesen Einfall als phantastisch zurückweisen und mir den Einfluss des Penismangels auf die Gestaltung der Weiblichkeit als eine fixe Idee anrechnen, bin ich natürlich wehrlos.

Beim Weibe wird die passive Exhibitionsneigung fast regelmäßig durch die großartige Reaktionsleistung der sexuellen Schamhaftigkeit überlagert, aber nicht ohne dass ihr in der Kleidung ein Ausfallspförtchen gespart bliebe. Wie dehnbar und nach Konvention und Umständen variabel dann das der Frau als erlaubt verbliebene Maß von Exhibition ist, brauche ich nur anzudeuten.

Dass das alte Momente des Penismangels seine Kraft noch immer nicht eingebüßt hat, zeigt sich in der verschiedenen Reaktion der Mutter auf die Geburt eines Sohnes oder einer Tochter. Nur das Verhältnis zum Sohn bringt der Mutter uneingeschränkte Befriedigung; es ist überhaupt die vollkommenste, am ehesten ambivalenzfreie aller menschlichen Beziehungen. Auf den Sohn kann die Mutter den Ehrgeiz übertragen, den sie bei sich unterdrücken musste, von ihm die Befriedigung all dessen erwarten, was ihr von ihrem Männlichkeitskomplex verblieben ist. Selbst die Ehe ist nicht eher versichert, als bis es der Frau gelungen ist, ihren Mann auch zu ihrem Kind zu machen und die Mutter gegen ihn zu agieren.

Eine andere überraschende Wirkung des Penisneides – oder der Entdeckung der Minderwertigkeit der Klitoris – ist gewiss die wichtigste von allen. Ich hatte oftmals vorher den Eindruck gewonnen, dass das Weib im allgemeinen die Masturbation schlechter verträgt als der Mann, sich öfter gegen sie sträubt und außerstande ist, sich ihrer zu bedienen, wo der Mann unter gleichen Verhältnissen unbedenklich zu diesem Auskunftsmittel gegriffen hätte. Es ist begreiflich, dass die Erfahrung ungezählte Ausnahmen von diesem Satz aufweisen würde, wenn man ihn als Regel aufstellen wollte. Die Reaktionen der menschlichen Individuen beiderlei Geschlechts sind ja aus männlichen und weiblichen Zügen gemengt. Aber es blieb doch der Anschein übrig, dass der Natur des Weibes die Masturbation ferner liege, und man konnte zur Lösung des angenommenen Problems die Erwägung heranziehen, dass wenigstens die Masturbation an der Klitoris eine männliche Betätigung sei, [...].

Man zögert es auszusprechen, kann sich aber doch der Idee nicht erwehren, dass das Niveau des sittlich Normalen für das Weib ein anderes wird. Das Über-Ich wird niemals so unerbittlich, so unpersönlich, so unabhängig von seinen affektiven Ursprüngen, wie wir es vom Manne fordern. Charakterzüge, die die Kritik seit jeher dem Weibe vorgehalten hat, dass es weniger Rechtsgefühl zeigt als der Mann, weniger Neigung zur Unterwerfung unter die großen Notwendigkeiten des Lebens, sich öfter in seinen Entscheidungen von zärtlichen und feindseligen Gefühlen leiten lässt, fänden in der oben abgeleiteten Modifikation der Über-Ichbildung eine ausreichende Begründung. Durch den Widerspruch der Feministen, die uns eine völlige Gleichstellung und Gleichschätzung der Geschlechter aufdrängen wollen, wird man sich in solchen Urteilen nicht beirren lassen, wohl aber bereitwillig zugestehen, dass auch die

Mehrzahl der Männer weit hinter dem männlichen Ideal zurückbleibt, und dass alle menschlichen Individuen infolge ihrer bisexuellen Anlage und der gekreuzten Vererbung männliche und weibliche Charaktere in sich vereinigen, so dass die reine Männlichkeit und Weiblichkeit theoretische Konstruktionen bleiben mit ungesichertem Inhalt.

Das ist alles, was ich Ihnen über die Weiblichkeit zu sagen hatte. Es ist gewiss unvollständig und fragmentarisch, klingt auch nicht immer freundlich. Vergessen Sie aber nicht, dass wir das Weib nur insofern beschrieben haben, als sein Wesen durch seine Sexualfunktion bestimmt wird. Dieser Einfluss geht freilich sehr weit, aber wir behalten im Auge, dass die einzelne Frau auch sonst ein menschliches Wesen sein mag.

Aus dem ungestillten Wunsch nach dem Penis soll der Wunsch nach dem Kind und nach dem Manne werden, der den Penis trägt.

Zu keiner Zeit der analytischen Arbeit leidet man mehr unter dem bedrückenden Gefühl erfolglos wiederholter Anstrengung, unter dem Verdacht, dass man »Fischpredigten« abhält, als wenn man die Frauen bewegen will, ihren Peniswunsch als undurchsetzbar aufzugeben.

Ferner treten bald die Frauen in einen Gegensatz zur Kulturströmung und entfalten ihren verzögernden und zurückhaltenden Einfluss, dieselben, die anfangs durch die Forderungen ihrer Liebe das Fundament der Kultur gelegt hatten. Die Frauen vertreten die Interessen der Familie und des Sexuallebens; die Kulturarbeit ist immer mehr Sache der Männer geworden, stellt ihnen immer schwierigere Aufgaben, nötigt sie zu Triebsublimierungen*, denen die Frauen wenig gewachsen sind. Da der Mensch nicht über unbegrenzte Quantitäten psychischer Energie verfügt, muss er seine Aufgaben durch zweckmäßige Verteilung der Libido erledigen. Was er für kulturelle Zwecke verbraucht, entzieht er großenteils den Frauen und dem Sexualleben: das beständige Zusammensein mit Männern, seine Abhängigkeit von den Beziehungen zu ihnen entfremden ihn sogar seinen Aufgaben als Ehemann und Vater. So sieht sich die Frau durch die Ansprüche der Kultur in den Hinter-

* Von lat. *sublimare* ›erhöhen‹; der Trieb wird sublimiert, indem er auf ein neues, nicht sexuelles Ziel und Objekt gerichtet wird; Freud beschreibt bes. künstlerische und intellektuelle Tätigkeit als Sublimierungen.

grund gedrängt und tritt zu ihr in ein feindliches Verhältnis.

Diese Wendung von der Mutter zum Vater bezeichnet überdies einen Sieg der Geistigkeit über die Sinnlichkeit, also einen Kulturfortschritt, denn die Mutterschaft ist durch das Zeugnis der Sinne erwiesen, während die Vaterschaft eine Annahme ist, auf einen Schluss und auf eine Voraussetzung aufgebaut.

Im Herbst 1886 ließ ich mich in Wien als Arzt nieder und heiratete das Mädchen, das seit länger als vier Jahren in einer fernen Stadt auf mich gewartet hatte. Ich kann hier rückgreifend erzählen, dass es die Schuld meiner Braut war, wenn ich nicht schon in jenen jungen Jahren berühmt geworden bin.

Ich grüße Sie herzlich mit vollem Verständnis für alle die Komplikationen, unter denen Sie stehen.

Weiber, Widersacher, Schulden!
Ach, kein Ritter wird sie los.

V

»Ich habe schon mit 6 Jahren an Erektionen gelitten«

Nein, meine Herren, es ist gewiss nicht so, dass der Sexualtrieb zur Pubertätszeit in die Kinder fährt wie im Evangelium der Teufel in die Säue.

Wir fanden es bedauerlich, dass man dem Kindesalter den Sexualtrieb abgesprochen und die nicht selten zu beobachtenden Sexualäußerungen des Kindes als regelwidrige Vorkommnisse beschrieben hat. Es schien uns vielmehr, dass das Kind Keime von Sexualtätigkeit mit zur Welt bringt und schon bei der Nahrungsaufnahme sexuelle Befriedigung mitgenießt, die es sich dann in der gut gekannten Tätigkeit des »Ludelns« immer wieder zu verschaffen sucht.

Verstünde die Mutter mehr von der hohen Bedeutung der Triebe für das gesamte Seelenleben, für alle ethischen und psychischen Leistungen, so würde sie sich übrigens auch nach der Aufklärung alle Selbstvorwürfe ersparen. Sie erfüllt nur ihre Aufgabe, wenn sie das Kind lieben lehrt; es soll ja ein tüchtiger Mensch mit energischem Sexualbedürfnis werden und in seinem Leben all das vollbringen, wozu der Trieb den Menschen drängt.

Noch mit acht Jahren kann das Kind, von einem Gang durch das Naturhistorische Museum heimgekehrt, seiner Mutter sagen: »Mama, ich habe dich so lieb; wenn du einmal stirbst, lasse ich dich ausstopfen und stelle dich hier im Zimmer auf, damit ich dich immer, immer sehen kann!«

An der Frauenbrust treffen sich Liebe und Hunger. Ein junger Mann, erzählt die Anekdote, der ein großer Verehrer der Frauenschönheit wurde, äußerte einmal, als die Rede auf die schöne Amme kam, die ihn als Säugling genährt: es tue ihm leid, die gute Gelegenheit damals nicht besser ausgenützt zu haben.

Für das Kind ist der Busen der Amme tatsächlich das Einkehrwirtshaus.

Wenn der Säugling sich äußern könnte, würde er gewiss den Akt des Saugens an der Mutterbrust als das weitaus Wichtigste im Leben anerkennen.

Dieses Unheimliche ist aber der Eingang zur alten Heimat des Menschenkindes, zur Örtlichkeit, in der jeder einmal und zuerst geweilt hat. »Liebe ist Heimweh«, behauptet ein Scherzwort, und wenn der Träumer von einer Örtlichkeit oder Landschaft noch im Traume denkt: Das ist mir bekannt, da war ich schon einmal, so darf die Deutung dafür das Genitale oder den Leib der Mutter einsetzen. Das Unheimliche ist also auch in diesem Falle das ehemals Heimische, Altvertraute.

Nicht ohne guten Grund ist das Saugen des Kindes an der Brust der Mutter vorbildlich für jede Liebesbeziehung geworden. Die Objektfindung ist eigentlich eine Wiederfindung.

Meines Wissens tritt die für das Lächeln bezeichnende Grimasse der Mundwinkelverziehung zuerst beim befriedigten und übersättigten Säugling auf, wenn er eingeschläfert die Brust fahren lässt. Sie ist dort eine richtige Ausdrucksbewegung, da sie dem Entschluss, keine Nahrung mehr aufzunehmen, entspricht, gleichsam ein Genug oder vielmehr Übergenug darstellt.

Das Ludeln oder Lutschen, das schon beim Säugling auftritt und bis in die Jahre der Reife fortgesetzt werden oder sich durchs ganze Leben erhalten kann, besteht in einer rhythmisch wiederholten saugenden Berührung mit dem Munde (den Lippen), wobei der Zweck der Nahrungsaufnahme ausgeschlossen ist. Ein Teil der Lippe selbst, die Zunge, eine beliebige andere erreichbare Hautstelle – selbst die große Zehe –, werden zum Objekt genommen, an dem das Saugen ausgeführt wird. Ein dabei auftretender Greiftrieb äußert sich etwa durch gleichzeitiges rhythmisches Zupfen am Ohrläppchen und kann sich eines Teiles einer anderen Person (meist ihres Ohres) zu gleichem Zwecke bemächtigen. Das Wonnesaugen ist mit voller Aufzehrung der Aufmerksamkeit verbunden, führt entweder zum Einschlafen oder selbst zu einer motorischen Reaktion in einer Art von Orgasmus. Nicht selten kombiniert sich mit dem Wonnesaugen die reibende Berührung gewisser empfindlicher Körperstellen, der Brust, der äußeren Genitalien. Auf diesem Wege gelangen viele Kinder vom Ludeln zur Masturbation.

Ein Dr. Galant hat 1919 im Neurol. Zentralbl. Nr. 20 unter dem Titel »Das Lutscherli« das Bekenntnis eines erwachsenen Mädchens veröffentlicht, welches diese kindliche Sexualbetätigung nicht aufgegeben hat und die Befriedigung durch das Lutschen als völlig analog einer sexuellen Befriedigung, insbesondere durch den Kuss des Geliebten, schildert. »Nicht alle Küsse gleichen einem Lutscherli: nein, nein, lange nicht alle! Man kann nicht schreiben, wie wohlig es einem durch den ganzen Körper beim Lutschen geht; man ist einfach weg von dieser Welt, man ist ganz zufrieden und wunschlos glücklich. Es ist ein wunderbares Gefühl; man verlangt nichts als Ruhe, Ruhe, die gar nicht unterbrochen werden soll. Es ist einfach unsagbar schön: man spürt keinen Schmerz, kein Weh und ach, man ist entrückt in eine andere Welt.«

Wer ein Kind gesättigt von der Brust zurücksinken sieht, mit geröteten Wangen und seligem Lächeln in Schlaf verfallen, der wird sich sagen müssen, dass dieses Bild auch für den Ausdruck der sexuellen Befriedigung im späteren Leben maßgebend bleibt.

Die Liebe der Mutter zum Säugling, den sie nährt und pflegt, ist etwas weit tiefgreifenderes als ihre spätere Affektion für das heranwachsende Kind. Sie ist von der Natur eines vollbefriedigenden Liebesverhältnisses, das nicht nur alle seelischen Wünsche, sondern auch alle körperlichen Bedürfnisse erfüllt, und wenn sie eine der Formen des dem Menschen erreichbaren Glückes darstellt, so rührt dies nicht zum mindesten von der Möglichkeit her, auch längst verdrängte und pervers zu nennende Wunschregungen ohne Vorwurf zu befriedigen.

Ein anderer auffälliger Zug des Bildes gewinnt eine noch größere Bedeutung. Die heilige Anna, die Mutter der Maria und Großmutter des Knaben, die eine Matrone sein müsste, ist hier vielleicht etwas reifer und ernster als die heilige Maria, aber noch als junge Frau von unverwelkter Schönheit gebildet. Leonardo hat in Wirklichkeit dem Knaben zwei Mütter gegeben, eine, die die Arme nach ihm ausstreckt, und eine andere im Hintergrunde, und beide mit dem seligen Lächeln des Mutterglückes ausgestattet.

Eines fremden Objektes bedient sich das Kind zum Saugen nicht, sondern lieber einer eigenen Hautstelle, weil diese ihm bequemer ist, weil es sich so von der Außenwelt unabhängig macht, die es zu beherrschen noch nicht vermag, und weil es sich solcherart gleichsam eine zweite, wenngleich minderwertige, erogene Zone schafft. Die Minderwertigkeit dieser zweiten Stelle wird es später mit dazu veranlassen, die gleichartigen Teile, die Lippen, einer anderen Person zu suchen. (»Schade, dass ich mich nicht küssen kann«, möchte man ihm unterlegen.)

Nicht alle Kinder lutschen. Es ist anzunehmen, dass jene Kinder dazu gelangen, bei denen die erogene Bedeutung der Lippenzone konstitutionell verstärkt ist. Bleibt diese erhalten, so werden diese Kinder als Erwachsene Kussfeinschmecker werden, zu perversen Küssen neigen oder als Männer ein kräftiges Motiv zum Trinken und Rauchen mitbringen.

Die erogenen Zonen sind nicht gleich ausgiebig; es wird darum ein wichtiges Erlebnis, wenn der Säugling, wie Lindner berichtet, bei dem Herumsuchen am eigenen Körper die besonders erregbaren Stellen seiner Genitalien entdeckt und so den Weg vom Lutschen zur Onanie gefunden hat.

So hat diese überaus anstößige perverse Phantasie vom Saugen am Penis den harmlosesten Ursprung; sie ist die Umarbeitung eines prähistorisch zu nennenden Eindruckes vom Saugen an der Mutter- oder Ammenbrust, der gewöhnlich durch den Umgang mit gesäugten Kindern wieder belebt worden ist. Meist hat dabei das Euter der Kuh als passende Mittelvorstellung zwischen Brustwarze und Penis Dienste geleistet.

Man wird an das Sprichwort »Junge Hure, alte Betschwester« erinnert, nur dass die Jugend hier allzu kurz ausgefallen ist.

Das Mädchen machte wahrscheinlich eine Tugend aus ihrer Not.

Die am heftigsten einsetzenden Strebungen der Kinderjahre rechtfertigen nicht die Befürchtung, dass sie den Charakter des Erwachsenen dauernd beherrschen werden; man darf ebensowohl erwarten, dass sie verschwinden werden, um ihrem Gegenteil Platz zu machen. (Gestrenge Herren regieren nicht lange.)

Ich weiß von einem dreijährigen Knaben, der nach erhaltener Aufklärung zum Schrecken seiner Kinderfrau vermisst wurde und sich am Ufer des großen Schlossteiches wiederfand, wohin er geeilt war, um die Kinder im Wasser zu beobachten, von einem anderen, der seinem Unglauben keine andere als die zaghafte Aussprache gestatten konnte, er wisse es besser, nicht der Storch bringe die Kinder, sondern der – Fischreiher.

Ich weiß auch von zwei Knaben zwischen zehn und dreizehn Jahren, welche die sexuelle Aufklärung zwar anhörten, aber dem Gewährsmanne die ablehnende Antwort gaben: Es ist möglich, dass dein Vater und andere Leute so etwas tun, aber von meinem Vater weiß ich es gewiss, dass er es nie tun würde.

Über die Quelle seines Interesses für das Treiben im Hühnerhof blieb nach Ferenczi kein Zweifel: »Der rege Sexualverkehr zwischen Hahn und Henne, das Eierlegen und das Herauskriechen der jungen Brut« befriedigten seine sexuelle Wissbegierde, die eigentlich dem menschlichen Familienleben galt. Nach dem Vorbild des Hühnerlebens hatte er seine Objektwünsche geformt, wenn er einmal der Nachbarin sagte: »Ich werde Sie heiraten und Ihre Schwester und meine drei Cousinen und die Köchin, nein, statt der Köchin lieber die Mutter.«

Ich habe von einem Kinde gehört, welches sich für gefoppt hielt und zu schreien begann, weil es auf die Frage: Woher kommen die Eier? zur Antwort erhalten hatte: Von den Hühnern, auf die weitere Frage: Woher kommen die Hühner? aber die Auskunft bekam: Aus den Eiern.

Leider können wir diese Verhältnisse nur für das männliche Kind beschreiben, in die entsprechenden Vorgänge beim kleinen Mädchen fehlt uns die Einsicht. Der kleine Knabe nimmt sicherlich den Unterschied von Männern und Frauen wahr, aber er hat zunächst keinen Anlass, ihn mit einer Verschiedenheit ihrer Genitalien zusammenzubringen. Es ist ihm natürlich, ein ähnliches Genitale, wie er es selbst besitzt, bei allen anderen Lebewesen, Menschen und Tieren, vorauszusetzen, ja wir wissen, dass er auch an unbelebten Dingen nach einem seinem Gliede analogen Gebilde forscht. Dieser leicht erregte, veränderliche, an Empfindungen so reiche Körperteil beschäftigt das Interesse des Knaben in hohem Grade und stellt seinem Forschertrieb unausgesetzt neue Aufgaben. Er möchte ihn auch bei anderen Personen sehen, um ihn mit seinem eigenen zu vergleichen, er benimmt sich, als ob ihm vorschwebte, dass dieses Glied größer sein könnte und sollte; die treibende Kraft, welche dieser männliche Teil später in der Pubertät entfalten wird, äußert sich um diese Lebenszeit wesentlich als Forschungsdrang, als sexuelle Neugierde.

Im Laufe dieser Untersuchungen gelangt das Kind zur Entdeckung, dass der Penis nicht ein Gemeingut aller ihm ähnlichen Wesen sei. Der zufällige Blick der Genitalien einer kleinen Schwester oder Gespielin gibt hiezu den Anstoß; scharfsinnige Kinder haben schon vorher aus ihren Wahrnehmungen beim Urinieren der Mädchen, weil sie eine andere Stellung sehen und ein anderes Geräusch hören, den Verdacht geschöpft, dass hier etwas anders sei, und dann versucht, solche Beobachtungen in aufklärender Weise zu wiederholen. Es ist bekannt, wie sie auf die ersten Eindrücke des Penismangels reagieren. Sie leugnen diesen Mangel, glauben doch ein Glied zu sehen, beschönigen den Widerspruch zwischen Beobachtung und Vorurteil durch die Auskunft, es sei noch klein und werde erst wachsen.

Ich kenne da einen prächtigen Jungen von jetzt vier Jahren, dessen verständige Eltern darauf verzichten, ein Stück der Entwicklung des Kindes gewaltsam zu unterdrücken. Der kleine Hans, der sicherlich keinem verführenden Einflusse von seiten einer Warteperson unterlegen ist, zeigt schon seit einiger Zeit das lebhafteste Interesse für jenes Stück seines Körpers, das er als »Wiwimacher« zu bezeichnen pflegt. Schon mit drei Jahren hat er die Mutter gefragt: »Mama, hast du auch einen Wiwimacher?« Worauf die Mama geantwortet: »Natürlich, was hast du denn gedacht?« Dieselbe Frage hat er zu wiederholten Malen an den Vater gerichtet. Im selben Alter zuerst in einen Stall geführt, hat er beim Melken einer Kuh zugeschaut und dann verwundert ausgerufen: »Schau, aus dem Wiwimacher kommt Milch.« Mit dreidreiviertel Jahren ist er auf dem Wege, durch seine Beobachtungen selbständig richtige Kategorien zu entdecken. Er sieht, wie aus einer Lokomotive Wasser ausgelassen wird und sagt: »Schau, die Lokomotive macht Wiwi; wo hat sie denn den Wiwimacher?« Später setzt er nachdenklich hinzu: »Ein Hund und ein Pferd hat einen Wiwimacher; ein Tisch und ein Sessel nicht.« Vor kurzem hat er zugesehen, wie man sein einwöchiges Schwesterchen badet, und dabei bemerkt: »Aber ihr Wiwimacher ist noch klein. Wenn sie wächst, wird er schon größer werden.«

Ein anderer, nur um zwei Jahre älterer Bruder pflegte unter den gleichen Verhältnissen ärgerlich mit dem Ausrufe »zu k(l)ein, zu k(l)ein« abzuwehren.

Sein Interesse für den Wiwimacher ist indes kein bloß theoretisches; wie zu vermuten stand, reizt es ihn auch zu Berührungen des Gliedes. Im Alter von 3½ Jahren wird er von der Mutter, die Hand am Penis, betroffen. Diese droht: »Wenn du das machst, lass' ich den Dr. A. kommen, der schneidet dir den Wiwimacher ab. Womit wirst du dann Wiwi machen?«

Hans: »Mit dem Popo.«

Im Winter (3¾ Jahre) nehme ich Hans auf den Eislaufplatz mit und mache ihn mit den beiden etwa 10 Jahre alten Töchterchen meines Kollegen N. bekannt. Hans setzt sich neben sie, die im Gefühle ihres reifen Alters ziemlich verächtlich auf den Knirps herabblicken, und schaut sie verehrungsvoll an, was ihnen keinen großen Eindruck macht. Hans spricht trotzdem von ihnen nur als »meine Mäderln«. »Wo sind denn meine Mäderln? Wann kommen denn meine Mäderln?« und quält mich zu Hause einige Wochen lang mit der Frage: »Wann geh' ich wieder auf den Eisplatz zu meinen Mäderln?«

Da ich Hans nicht in der bisherigen seelischen Spannung lassen will, in die ihn seine Liebe zu dem Mäderl versetzt hat, habe ich seine Bekanntschaft mit ihr vermittelt, und das Mäderl eingeladen, nachmittags zu ihm in den Garten zu kommen, wenn er seinen Nachmittagsschlaf absolviert hat. Hans ist durch die Erwartung, dass das Mäderl zu ihm kommen wird, so aufgeregt, dass er zum erstenmal am Nachmittage nicht schläft, sondern sich unruhig im Bette hin und her wälzt. Die Mama fragt ihn: »Warum schläfst du nicht? Denkst du vielleicht an das Mäderl?«, worauf er beglückt »ja« sagt. Er hat auch, als er aus dem Gasthofe nach Hause kam, allen Leuten im Hause erzählt: »Du, heute kommt mein Mäderl zu mir«, und die 14jährige Mariedl berichtet, dass er sie fortwährend gefragt hat: »Du, glaubst du, dass sie mit mir lieb sein wird? Glaubst du, dass sie mir einen Kuss geben wird, wenn ich sie küss?«

Hans, 4¼ Jahre. Heute früh wird Hans von seiner Mama wie täglich gebadet und nach dem Bade abgetrocknet und eingepudert. Wie die Mama bei seinem Penis, und zwar vorsichtig, um ihn nicht zu berühren, pudert, sagt Hans: »Warum gibst du denn nicht den Finger hin?«

Mama: »Weil das eine Schweinerei ist.«

Hans: »Was ist das? Eine Schweinerei? Warum denn?«

Mama: »Weil es unanständig ist.«

Hans (lachend): »Aber lustig!«

Hans hat gestanden, dass er sich jede Nacht vor dem Einschlafen zu Lustzwecken mit seinem Penis beschäftigt. Nun, wird der Praktiker gerne sagen, nun ist alles klar. Das Kind masturbiert, daher also die Angst. Gemach! Dass das Kind sich masturbatorisch Lustgefühle erzeugt, erklärt uns seine Angst keineswegs, macht sie vielmehr erst recht rätselhaft. Angstzustände werden nicht durch Masturbation, überhaupt nicht durch Befriedigung hervorgerufen. Ne-

Freuds Behandlungszimmer in der Berggasse 19
mit der Urcouch

benbei dürfen wir annehmen, dass unser Hans, der jetzt 4¾ Jahre alt ist, sich dieses Vergnügen gewiss schon seit einem Jahre […] allabendlich gönnt, und werden erfahren, dass er sich gerade jetzt im Abgewöhnungskampfe befindet, was zur Verdrängung und Angstbildung besser passt.

Auch für die gute und gewiss sehr besorgte Mutter müssen wir Partei nehmen. Der Vater beschuldigt sie, nicht ohne einen Schein von Recht, dass sie durch übergroße Zärtlichkeit und allzu häufige Bereitwilligkeit, das Kind ins Bett zu nehmen, den Ausbruch der Neurose herbeigeführt; wir könnten ihr ebensowohl den Vorwurf machen, dass sie durch ihre energische Abweisung seiner Werbungen (»das ist eine Schweinerei«) den Eintritt der Verdrängung beschleunigt habe. Aber sie spielt eine Schicksalsrolle und hat einen schweren Stand.

Am 13. März früh sage ich zu Hans: »Weißt du, wenn du nicht mehr die Hand zum Wiwimacher gibst, wird die Dummheit schon schwächer werden.«

Hans: »Aber ich geb' die Hand nicht mehr zum Wiwimacher.«

Ich: »Ja, das schon, aber ›möchten‹ ist nicht ›tun‹, und ›tun‹ ist nicht ›möchten‹.« (!!)

»Ich habe den Finger ganz wenig zum Wiwimacher gegeben. Da hab' ich die Mammi ganz nackt im Hemde gesehen und sie hat den Wiwimacher sehen lassen. Ich hab' der Grete, meiner Grete, gezeigt, was die Mama macht, und hab' ihr meinen Wiwimacher gezeigt. Dann hab' ich die Hand schnell vom Wiwimacher weggegeben.«

Er [...] bemerkt, dass ich alles notiere, und fragt: »Weshalb schreibst du das auf?«

Ich: »Weil ich es einem Professor schicke, der dir die ›Dummheit‹ wegnehmen kann.«

Er: »Aha, da hast du's doch auch aufgeschrieben, dass sich die Mammi das Hemd ausgezogen hat, und gibst das auch dem Professor.«

Auf dem Heimgange fragte Hans den Vater: »Spricht denn der Professor mit dem lieben Gott, dass er das alles vorher wissen kann?«

Ich erzähle ihm dann, dass ich am Abende vorher beim Professor war, und sage: »Der will einiges wissen«, worauf Hans: »Da bin ich aber neugierig.«

Ich: »Hast du in Gmunden, wenn du im Bette gelegen bist, die Hand zum Wiwimacher gegeben?«

Er: »Nein, noch nicht. In Gmunden hab' ich so gut geschlafen, dass ich gar nicht daran gedenkt hab'. Nur in der -gasse und jetzt hab ich's getan.«

Ich: »Die Berta hat aber nie die Hand zu deinem Wiwimacher gegeben?«

Er: »Sie hat es nie getan, nein, weil ich ihr's nie gesagt hab'.«

Ich: »Wann hast du dir's denn gewünscht?«

Er: »Einen Tag halt in Gmunden.«

Ich: »Nur einmal?«

Er: »Ja, öfters.«

Ich: »Immer wenn du Wiwi gemacht hast, hat sie hergeschaut; sie war vielleicht neugierig, wie du Wiwi machen tust.«

Er: »Vielleicht war sie neugierig, wie mein Wiwimacher aussieht.«

Ich: »Du warst aber auch neugierig; nur auf die Berta?«

Er: »Auf die Berta, auf die Olga.«

Ich: »Auf wen noch?«

Er: »Auf niemand andern.«

Ich: »Das ist ja nicht wahr. Auf die Mammi auch.«

Er: »Auf die Mammi schon.«

Ich: »Hast du die Hanna gerne?«

Hans: »O ja, sehr gerne.«

Ich: »Wäre es dir lieber, wenn die Hanna nicht auf die Welt gekommen wäre, oder ist es dir lieber, dass sie auf der Welt ist?«

Hans: »Mir wär' lieber, dass sie nicht auf die Welt gekommen wär'.«

Ich: »Warum?«

Hans: »Wenigstens schreit sie nicht so und ich kann das Schreien nicht aushalten.«

Ich: »Du schreist ja selbst.«

Hans: »Die Hanna schreit ja auch.«

Ich: »Warum kannst du es nicht aushalten?«

Hans: »Weil sie so stark schreit.«

Ich: »Aber sie schreit ja gar nicht.«

Hans: »Wenn man sie am nackten Popo haut, dann schreit sie.«

Ich: »Hast du sie einmal gehaut?«

Hans: »Wenn die Mammi sie auf den Popo haut, dann schreit sie.«

Ich: »Das hast du nicht gerne?«

Hans: »Nein … Warum? Weil sie so einen Krawall macht mit dem Schreien.«

Ich: »Wenn du lieber hättest, dass sie nicht auf der Welt wär', hast du sie ja gar nicht gern.«

Hans: »Hm, hm (zustimmend).«

Ich: »Deshalb hast du gedacht, wenn die Mammi sie badet, wenn sie die Hände weggeben möcht', dann möchte sie ins Wasser fallen …«

Hans (ergänzt): »und sterben.«

Ich: »Und du wärst dann allein mit der Mammi. Und ein braver Bub' wünscht das doch nicht.«

Hans: »Aber denken darf er's.«

Ich: »Das ist aber nicht gut.«

Hans: »Wenn er's denken tut, ist es doch gut, damit man's dem Professor schreibt.«*

* Wacker, kleiner Hans! Ich wünschte mir bei keinem Erwachsenen ein besseres Verständnis der Psychoanalyse.

Hans: »[…] Du, was ich dir da erzähl', ist nicht einmal wahr.«
Ich: »Was ist nicht wahr?«
Hans: »Alles nicht. Du, wir setzen sie und mich in die Kiste und ich werde in die Kiste Wiwi machen. Ich werd' halt in die Hosen Wiwi machen, liegt mir gar nichts d'ran, ist gar keine Schand'. Du, das ist aber kein Spaß, aber lustig ist es schon!«

Ich: »Alles, was man sagt, ist ein bissel wahr.«
Er: »No ja, ein bisschen.«

Ich: »Du möchtest gerne ein Mäderl haben.«
Hans: »Ja, nächstes Jahr krieg' ich eins, das wird auch Hanna heißen.«
Ich: »Warum soll denn die Mammi kein Mäderl bekommen?«
Hans: »Weil ich einmal ein Mäderl mag.«
Ich: »Du kannst aber kein Mäderl bekommen.«
Hans: »O ja, ein Bub kriegt ein Mäderl und ein Mäderl kriegt einen Buben.«
Ich: »Ein Bub bekommt keine Kinder. Kinder bekommen nur Frauen, Mammis.«
Hans: »Warum denn ich nicht?«
Ich: »Weil der liebe Gott es so eingerichtet hat.«
Hans: »Warum kriegst denn du keines? O ja, du wirst schon eins kriegen, nur warten.«

Ich: »Da kann ich lang warten.«

Hans: »Ich gehör' doch dir.«

Ich: »Aber die Mammi hat dich auf die Welt gebracht. Du gehörst dann der Mammi und mir.«

Hans: »Gehört die Hanna mir oder der Mammi?«

Ich: »Der Mammi.«

Hans: »Nein, mir. Warum denn nicht mir und der Mammi?«

Ich: »Die Hanna gehört mir, der Mammi und dir.«

Hans: »Na also!«

Hans: »Ein Vatti kriegt doch kein Kind, wie ist die Geschicht' dann, wenn ich gern der Vatti sein möcht'?«

Ich: »Du möchtest der Vatti sein und mit der Mammi verheiratet sein, möchtest so groß sein wie ich und einen Schnurrbart haben und möchtest, dass die Mammi ein Kind bekommen soll.«

Hans: »Vatti, und bis ich verheiratet sein werde, werde ich nur eines kriegen, wenn ich will, wenn ich mit der Mammi verheiratet sein werde, und wenn ich kein Kind will, will der liebe Gott auch nicht, wenn ich geheiratet hab'.«

Ich: »Möchtest du gern mit der Mammi verheiratet sein?«

Hans: »O ja.«

Wenn man der unbestrittene Liebling der Mutter gewesen ist, so behält man fürs Leben jenes Eroberergefühl, jene Zuversicht des Erfolges, welche nicht selten wirklich den Erfolg nach sich zieht.

Es wird dem nun 75jährigen nicht leicht, sich in jene Frühzeit zu versetzen, aus deren reichem Inhalt nur wenige Reste in seine Erinnerung hineinragen, aber des einen darf ich sicher sein: tief in mir überlagert, lebt noch immer fort das glückliche Freiberger Kind, der erstgeborene Sohn einer jugendlichen Mutter, der aus dieser Luft, aus diesem Boden die ersten unauslöschlichen Eindrücke empfangen hat.

VI

»Unser Herz zeigt nach dem Süden«

Es ist nicht wahr, dass ich in den Gymnasialjahren je an der realen Existenz von Athen gezweifelt habe. Ich habe nur daran gezweifelt, dass ich Athen je werde sehen können. So weit zu reisen, es »so weit zu bringen«, erschien mir als außerhalb jeder Möglichkeit. Das hing mit der Enge und Armseligkeit unserer Lebensverhältnisse in meiner Jugend zusammen. Die Sehnsucht zu reisen war gewiss auch ein Ausdruck des Wunsches, jenem Druck zu entkommen, verwandt dem Drang, der so viel halbwüchsige Kinder dazu antreibt, vom Hause durchzugehen. Es war mir längst klar geworden, dass ein großes Stück der Lust am Reisen in der Erfüllung dieser frühen Wünsche besteht, also in der Unzufriedenheit mit Haus und Familie wurzelt. Wenn man zuerst das Meer sieht, den Ozean überquert, Städte und Länder als Wirklichkeiten erlebt, die so lange ferne, unerreichbare Wunschdinge waren, so fühlt man sich wie ein Held, der unwahrscheinlich große Taten vollbracht hat. Ich hätte damals auf der Akropolis meinen Bruder fragen können: Weißt Du noch, wie wir in unserer Jugend Tag für Tag denselben Weg gegangen sind, von der ...straße ins Gymnasium, am Sonntage dann jedesmal in den Prater oder auf eine der Landpartien, die wir schon so gut kannten, und jetzt sind wir in Athen und stehen auf der Akropolis! Wir haben es wirklich weit gebracht!

Wir hören da: Konstanz liegt am Bodensee. Ein Studentenlied setzt hinzu: Wer's nicht glaubt, geh' hin und seh'. Ich war zufällig dort und kann bestätigen, die schöne Stadt liegt am Ufer eines weiten Gewässers, das alle Umwohnenden Bodensee heißen. Ich bin jetzt auch von der Richtigkeit dieser geographischen Behauptung vollkommen überzeugt. Dabei erinnere ich mich an ein anderes, sehr merkwürdiges Erlebnis. Ich war schon ein gereifter Mann, als ich zum erstenmal auf dem Hügel der athenischen Akropolis stand, zwischen den Tempelruinen, mit dem Blick aufs blaue Meer. In meine Beglückung mengte sich ein Gefühl von Erstaunen, das mir die Deutung eingab: Also ist das wirklich so, wie wir's in der Schule gelernt hatten!

Es war ein heißer Nachmittag im Sommer gewesen, ich hatte in den Abendstunden meine Vorlesung über den Zusammenhang der Hysterie mit den Perversionen gehalten, und alles, was ich zu sagen wusste, missfiel mir so gründlich, kam mir alles Werts entkleidet vor. Ich war müde, ohne Spur von Vergnügen an meiner schweren Arbeit, sehnte mich weg von diesem Wühlen im menschlichen Schmutz, nach meinen Kindern und dann nach den Schönheiten Italiens.

Der Verpflegung in Aquileja misstrauend, hatten wir uns von Görz Esswaren mitgenommen, eine Flasche des vorzüglichen Istrianer Weins in Aquileja eingekauft, und während der kleine Postdampfer durch den Kanal delle Mee langsam in die öde Lagunenstrecke nach Grado fuhr, nahmen wir, die einzigen Passagiere, in heiterster Laune auf Deck das Frühstück ein, das uns schmeckte wie selten eines zuvor.

Mein theurer Schatz

Es ist ausgemacht, Du wirst nicht viel Beschreibungen bekommen. Man kommt nicht dazu in dem Taumel, in den Venedig jeden versetzt. Wir sind enorm wol u haben den ganzen Tag zu gehen, zu fahren, zu schauen, zu essen u zu trinken. Früh immer zum Lido, 20 Min., um im Meer zu baden, den köstlichsten Sand zu Füßen.

P. S. Essen köstlich, nächster Landaufenthalt in Bologna.
PPSS. Essen märchenhaft.

Es geht uns großartig, ich glaube, der Wein tut viel dabei.

Herrlich! Man schämt sich, es allein zu genießen, aber Strapazen vorher waren groß. Jetzt fangt an zu schreiben, was Ihr Euch wünscht.
Herzl Grüße
Sigm
Man ist auch immer ein bisschen – vom Wein

Die Abende sind lang, der Mond fehlt sehr, die Sterne sind meist im Baedeker.

Die Neuheit u Schönheit von Kunst u Natur entschädigt reichlich für alles, aber für die Kunst kommt ein Moment, wo man im gleichmäßigen Genießen schwimmt, glaubt, es müsse so sein, keine Ekstase mehr zusammenbringt, wo einem Kirchen, Madonnen, Beweinungen Christi ganz gleichgiltig werden u man sich nach etwas anderem sehnt, man weiß nicht recht, wonach.

Wohlbefinden, sehr befriedigt.

Perugia, 13/9 97
abds

In einer kleinen Trattoria, die wir entdeckt, haben wir (nebst sehr gutem Fleisch u korrekten Pommes Frites, echtem Kaffee u dergleichen bei billigsten Preisen) Obst von solcher fabelhafter Güte gefunden, große Birnen, Feigen, grüne u rote Trauben, dass wir beschlossen haben, zum Andenken diese Karte abzusenden.

[Zusatz von Felix Gattel:]

Soeben bin ich zur Erkenntnis gelangt, dass Adam nicht durch einen Apfel verführt worden ist nur durch die Trauben, die wir soeben gegessen, wir alle waren einen Moment im Paradies.

Beste Grüße
Dr. Gattel

[Zusatz von Alexander Freud:]

Drei Knaben waren in Perugia sie aßen Trauben u schrieen ah! Dann kam noch schwarzer Kaffee da gingen's vor Freud in die Höh! –

Am Sonntag hieß es früh aufstehen, um mit der friaulischen Lokalbahn bis nahe an Aquileja zu kommen. Die ehemalige Großstadt ist ein kleiner Misthaufen, das Museum zeigt freilich einen unerschöpflichen Reichtum an Römerfunden: Grabsteine, Amphoren, Göttermedaillons vom Amphitheater, Statuen, Bronzen und Schmuck. Mehrere priapäische Darstellungen. Eine Venus, die sich von dem eben geborenen Kinde unwillig abwendet, nachdem ihr das Membrum gezeigt worden ist; Priapus als alter Mann, dem ein Silen die Scham verhüllt, der sich von jetzt an also dem Trunk ergeben wird. Ein steinernes Priapusornament, der Penis als Flügeltier, von dem an natürlicher Stelle ein kleinerer abgeht, während die Flügel selbst als Penis endigen. Der Priapus war die festgehaltene Erektion, die Wunscherfüllung als Gegensatz der psychischen Impotenz.

Als ich einst an einem heißen Sommernachmittag die mir unbekannten, menschenleeren Straßen einer italienischen Kleinstadt durchstreifte, geriet ich in eine Gegend, über deren Charakter ich nicht lange in Zweifel bleiben konnte. Es waren nur geschminkte Frauen an den Fenstern der kleinen Häuser zu sehen, und ich beeilte mich, die enge Straße durch die nächste Einbiegung zu verlassen. Aber nachdem ich eine Weile führerlos herumgewandert war, fand ich mich plötzlich in derselben Straße wieder, in der ich nun Aufsehen zu erregen begann, und meine eilige Entfernung hatte nur die Folge, dass ich auf einem neuen Umwege zum drittenmal dahingeriet.

Im Dom von A[quileja] waren gerade mehrere hundert der schönsten Friauler Mädchen zur Feiertagsmesse versammelt. Die Pracht der alten romanischen Basilika tat wohl mitten in der Armut der Neuzeit. Auf dem Rückweg sahen wir ein Stück alter Römerstraße mitten in einem Feld freigelegt. Ein rezenter Betrunkener lag auf den antiken Pflastersteinen. Am selben Abend kamen wir noch nach Divaça auf dem Karst, wo wir übernachteten, um am nächsten und letzten Tag – Montag – die Höhlen zu besuchen. Am Vormittag gingen wir in die Rudolfshöhle, ¼ Stunde von der Station, angefüllt mit allerlei seltsamen Tropfsteinbildungen, Riesenschachtelhalmen, Baumkuchen, Stoßzähnen von unten, Vorhängen, Maiskolben, faltenschweren Zelten, Schinken und Geflügel von oben herabhängend. Das Merkwürdigste war unser Führer, im schweren Alkoholdusel, aber ganz sicher und humoristisch belebt. Er war der Entdecker der Höhle selbst, ein verkommenes Genie offenbar, sprach immer von seinem Tode, seinen Konflikten mit den Geistlichen und seinen Eroberungen in diesen unterirdischen

Reichen. Als er äußerte, dass er schon in 36 »Löchern« im Karst gewesen, erkannte ich ihn als Neurotiker und sein Konquistadorentum als erotisches Äquivalent. Er gab wenige Minuten später die Bestätigung, denn als Alexander ihn fragte, wie weit man in der Höhle kommen kann, antwortete er: Es ist wie bei einer Jungfrau; je weiter man kommt, desto schöner ist es.

In Wirklichkeit fängt es an, hier furchtbar behaglich zu werden, eine Art von primitiver Üppigkeit im Haus und die Natur, die alles hält, was man von ihr erwartet. Auch mit unserer Reise soll es bleiben, wie wir verabredet haben. [...] Der Verzicht auf Genua brächte, glaub' ich, auch den auf Algier mit sich und man will doch auch in Afrika gewesen sein.

Mittag gegenüber Pantheon, davor habe ich mich also Jahre lang gefürchtet! Es ist geradezu liebenswürdig heiß, womit zusammenhängt, dass ein herrliches Licht sich überallhin, selbst in die Sixtina verbreitet. Sonst aber lebt man, wenn man nicht krampfhaft sparen muss, herrgöttlich. Wasser, Café, Kost, Brot ist vortrefflich. Der Wein meistens gut. Man arbeitet schwer. Heute um ½ 8h ausgegangen, St. Peter mit Kuppel, Sixtina, Stanzen des Raffael,

Genüsse seltenster Art. Nachmittags wahrscheinlich Kirchen.

Wohlbefinden ungestört, übermüthig. Geld geht langsam weg, was durch einige Antiquenkäufe beschleunigt wird.

Äußerstes Wohlbefinden.

Die Kirche ist schöner denn je, wie eine junge Witwe nach dem Tod des Herrn Gemahl.

Geliebte Alte

[...]

Ich will aber nicht bedauert werden. Es ist eigentlich herrlich u wahrscheinlich bin ich schrecklich undankbar, dass ich über irgend etwas jammere. Dabei das hervorragende Wohlbefinden durch das lange Seebad, den guten Rotwein u die schöne Ruhe.

Die Kost ist glänzend, man isst u verdummt, fühlt sich enorm wohl. Einzig sichere Erholung wenn das Meer brav ist.

In einem unzufriedenen Moment haben wir die Formel gefunden: Österreichische Schlamperei, gepaart mit italienischer Gewissenlosigkeit. Unsere zeitweilige schlechte Laune entschädigt sich damit, dass wir ein altes Schiff mit wenig Neuem u Komfort angetroffen haben, aber sie hält nicht an gegen den himmlischen Wind u das göttliche Meer.

Ein Römer weicht keinem Fuhrwerk aus, u die Kutscher scheinen von dem Recht, den Fußgänger zu überfahren, nicht in Kenntnis gesetzt worden zu sein. Wenn die Musik eine Pause macht, wird lebhaft applaudiert, auch von denen, die nicht zugehört haben. Von Zeit zu Zeit entsteht ein fürchterliches Geschrei in der sonst eigentlich vornehm ruhigen Menge, das sind sechs bis zehn Zeitungsjungen, die mit der Abendausgabe einer Zeitung, atemlos wie der Herold von Marathon, auf den Platz stürzen, in der Fiktion, dass sie durch ihre Nachrichten einer bereits unerträglich gewordenen Erwartung ein Ende bereiten. Wenn sie einen Unglücksfall auszubieten haben, Tote u Verwundete, so fühlen sie sich als Herren der Situation. […] Die Frauen in dieser Menge sind sehr schön, insoweit sie nicht Fremde sind, die Römerinnen sind merkwürdigerweise auch noch schön, wenn sie hässlich sind, u das sind eigentlich nicht viele von ihnen.

Die Musik höre ich sehr deutlich in meinem Zimmer, die Bilder sehe ich natürlich nicht. Gerade jetzt applaudieren sie wieder.

Herzliche Grüße
Euer Papa

Hier Wetter immer schöner. Leben schwer u herrlich, Einsamkeit komplett. Museen wieder überwältigend.

Dann erschien ein Mann, der eine schwere Last Bücher schleppte, auf denen allen Carmen stand; er teilte sie, ich glaube ohne besondere Protektion oder Auswahl, an die Musiker aus. Endlich erschien der Kapellmeister, groß u elegant, nicht schlank genug, mit dem Aussehen eines Vertrauen einflößenden Oberkellners. Er blieb auf seinem Stehplatz, den Rücken gegen das Publikum, eine ganze Weile vollkommen unbeweglich stehen. Er brauchte das offenbar für später, es war die Ruhe vor dem Sturm. Dann ging es plötzlich los, Licht entzündete sich wirklich, alle die anscheinenden Müßiggänger im Orchester arbeiteten brav, selbst das Fräulein zupfte an seiner Harfe u lachte nur in den Pausen. [...] Ein erster Schreck ergriff mich, als das erste Frauenzimmer erschien, das ich für Carmen hielt, bis ich mich besann, das sei ja die brave Micaëla. Denn sie war sehr lang u dünn, ihre Nase desgleichen, die Zähne lang u bloß u eine fuchsrote Perücke, kurz, sie sah aus wie die zur Abschreckung auf Reisen geschickten Engländerinnen.

[…] Carmen hatte übrigens eine starke Stimme u ein sehr lebhaftes, mir oft aufdringliches Spiel. Für die Zärtlichkeit schien der Koloss nicht recht geeignet, u als sie später tanzte, um Don José zurückzuhalten, fiel es ungraziös aus. »Wie wär es doch so amüsant, wenn fliegen könnt' der Elefant«. Aber das Böse glaubte man ihr, sie konnte die boshaftesten Gesichter schneiden. Der Gegensatz zwischen der bösen Carmen u der tugendhaften Micaëla wird in Wien meist durch die Kleidung ausgedrückt, indem Carmen rot, Micaëla aber blau angezogen erscheint. Hier bedienten sie sich zur Darstellung des Gegensatzes nicht der Farben, sondern des Umfangs. Es war kein Zweifel, dass an der Bösen mehr daran war als an der Guten. Don José war etwas ältlich u wiederum zu dick; ich habe noch keinen schlanken José gesehen, obwohl das gar nicht in seiner Rolle liegt. Er war meist betrübt u nahm alles sehr ernsthaft, hatte eine schöne Stimme. […] Nach diesem Akt ging ich fort; es war zwölf Uhr, jeder Akt mit Pause eine Stunde. Ich konnte mir das Ende ja denken, Don José war schon sehr wütend gewesen u hatte die Carmen zweimal zu Boden geworfen. Die Nachtluft war dann so köstlich; ich ging mit der Sicherheit des Römers die nächsten Wege nach Haus.

Schade, dass man hier nicht dauernd leben kann. Von diesen kurzen Besuchen hat man nichts als ungestillte Sehnsucht u die Empfindung der Unzulänglichkeit auf allen Seiten.

Ich grüße Euch herzlich u sehe Euch ja bald nach diesem letzten langen Brief

Papa

Nun wird es bald Ernst. Ich habe meine Einkäufe beendigt u gehe morgen an Eure, dann ein Tag für Abschiedsbriefe u vorüber ist der Traum. Heute habe [ich] im Vatikan den Laokoon wiedergesehen u alle die großen Götter. Man muss es den Päpsten lassen, sie haben ihre überwundenen Gegner schön beigesetzt. Und der Welt von Kraft u Schönheit, die man dort verlässt, ist das neue Rom nicht ganz unwürdig. Ich gehe jetzt schon wie ein Eingeborener durch die Straßen.

Herzl. Grüße

Pa

Ich erzähle u debattiere hier den ganzen Tag auf Englisch. Alles Nähre mündlich. Natürlich wird dazwischen ausgezeichnet gegessen. Ein solches Wohlbefinden habe ich lange nicht genossen, mich auch sonst verändert, ich sage nicht wie.

Die Engländer sind ein gutmütiges, eigentlich großmütiges Volk. Nebenbei sind die Cigarren ausgezeichnet u. heute kaufe ich nur noch eine kleine Kürbispfeife.

Am wenigsten merkt man an den Gesichtern großer Ärzte u Naturforscher, nur Darwin hat eine herrliche Eigenphysiognomie, aber gerade nicht die des Forschers. Philosophen sind meist ausgemergelt mager, das Abstrakte ist zu sehen.

Es ist natürlich, dass man den Leuten nichts ansieht als das Maß ihrer – groben Sublimierung: Philosophen, Geistliche, nicht Ärzte u Gelehrte, die bei ihrer Arbeit große Befriedigung beibehalten haben können.

Scheint dass Helden-Eroberernaturen sich häufig begnügen müssen Dichter u Künstler zu werden, weil sie Weg nicht frei finden.

Geborene Dichter scheinen die kindisch gebliebenen zu sein: Goldsmith, Shelley.

Mill u Pope erquickte Geistlichengesichter – asexuell – [...].

Nur der Humor verrät sich in den Zügen, scheint constitutionell.

Gelehrte u Forscher so häufig ganz unbedeutend. [...]

Einige Leute schauen ganz originell aus, nur wie sie selbst.

Sehr viel Talent zum Lebensgenuss kommt in späten Jahren bei mir zum Vorschein. Im ganzen ist es ja die Ruhe vor dem Sturm.

Ich bin so angenehm verblödet [...].

Seit 2 Tagen habe ich die Börse nicht geöffnet, nach den ersten Festbesuchen ergab sich kein Anlass zum Geldausgeben. Manchmal ziehe ich das Portefeuille heraus u betrachte die drei großen Geldnoten u den kleinen Haufen eingewechselter schmutzig-grüner Dollarnoten, schlechter Abbilder des allerhöchsten Gottes – um mich wieder in die Wirklichkeit zu rücken.

In meiner Tasche herrscht eine wirkliche Vielgötterei. Kronen u Mark u nun der stärkste Gott, der Dollar!

Die Mehrzahl der Passagiere sind nämlich Amerikaner, wir sind eigentlich schon in Amerika. Typen, die man kennt oder sofort erkennt, meist festlich, oft respektabel. Die Frauen unglaublich gepflegt, selbstbewusst, zum Flirt aufgelegt. Auch Babies u kleine Kinder giebt es reichlich, herzige Exemplare, die sich an Bord sehr wohl befinden. Im Zwischendeck soll es nach Aussage des zweiten Arztes, der an unserem Tische isst 200 Säuglinge geben. […]

[C.G.] Jung hat die Abstinenz abgelegt u säuft wacker mit.

Das Leben verarmt, es verliert an Interesse, wenn der höchste Einsatz in den Lebensspielen, eben das Leben selbst, nicht gewagt werden darf. Es wird so schal, gehaltlos wie etwa ein amerikanischer Flirt, bei dem es von vornherein feststeht, dass nichts vorfallen darf, zum Unterschied von einer kontinentalen Liebesbeziehung, bei welcher beide Partner stets der ernsten Konsequenzen eingedenk bleiben müssen.

Die amerikanische Gesellschaft trägt eine eherne Langeweile mit sich herum.

Obwohl die Straßen ruhig waren wegen des Sonntags, so war doch der erste Eindruck bedrückend. Wir sind auch jetzt noch hilflos wie Kinder, die man an der Hand führen muss. Heute Vormittag haben wir nichts geleistet als ein Stück Broadway abgegangen u die berühmten Sky scrapers bestaunt. Schön sind sie aber nicht. Die ganze Stadt hat nur Ähnlichkeit mit London. [...] Wir sind sehr wohl u heiter. Ich lasse mir nicht imponieren, berufe mich darauf, dass ich schon viel Schönes gesehen habe. Freilich nichts Größeres u Wilderes.

Amerika war eine tolle Maschine. Ich bin sehr froh, dass ich heraus bin u noch mehr, dass ich nicht dort bleiben muss. Auch kann ich nicht behaupten, dass ich sehr erfrischt u erholt zurückkomme.

Aber es war hochinteressant u für unsere Sache wahrscheinlich sehr bedeutungsvoll. Alles in Allem war es ein großer Erfolg zu nennen.

Es ist doch schön wieder in Europa zu sein; ich schätze jetzt den kleinen Weltteil.

Meine geliebte Alte

Ich muss Dir doch ausdrücklich mittheilen, wie behaglich wir es hier haben. Ich weiß mich an einen froheren Sommeraufenthalt nicht zu erinnern. Der Regen, fast täglich morgens, macht uns sehr wenig; mit Spaziergängen in der Stadt, uns über das Holländische amüsieren, Museen besuchen, das ausgezeichnete Essen abwarten, Seebaden u zu dritt Karten spielen vergeht der Tag glänzend. Die gute Gesellschaft hat ihren Anteil daran, denn unsere Buben sind gute Gesellschaft, sehr liebenswürdig gegen ihren alten Vater, sehr intelligent u voll von Interessen, auch miteinander anständig.

Kaum zu sagen, wie ein Tag vergeht. Jedenfalls sehr behaglich mit viel Gespräch, Gelächter u etwas innerer Beschämung, dass Ihr es so viel schlechter u ernsthafter habt.

Es ist hervorragend schön hier u ein Kummer sich loszureißen. Das völlige Wohlbefinden wäre zu haben, wenn ich nicht immer meinen Darm pflegen müsste.

Unser Wohlbefinden ist groß. Ich sehe nur eines, ich werde weder etwas arbeiten noch viel von Sizilien kennen lernen, aber gewiss noch mehr Geld ausgeben als bisher. Vielleicht kommt dann die klugmachende Wirkung später nach.

Lebhaft widersprechen muss ich dem Eindruck, der ja auch mich beherrscht hat, dass man hier in Sizilien sozusagen ausgesetzt, unter Wilden u außerordentlichen Gefahren ist. Man hat dasselbe Gefühl u dieselben Lebensbedingungen wie in Florenz oder Rom. Wenigstens in Palermo ist es so, u auf dem Lande oder in den kleineren Städten wird es primitiver, aber nicht unheimlicher sein.

Ferenczi genießt es sehr u ist sehr liebenswürdig, findet die Situation wahrscheinlich noch unglaubhafter als ich. Wir haben selbst Stimmung u Bequemlichkeit um zu arbeiten.

Palermo war eine unerhörte Schwelgerei, die man sich eigentlich allein nicht gönnen darf. Ich verspreche feierlich, bei allen bevorstehenden Schindereien des Jahres daran zu denken, dass ich mein Teil schon bekommen u verzehrt habe. Soviel an Farbenglanz, Wohlgerüchen, Aussichten – u Wohlbefinden habe ich noch nicht beisammen gehabt. Jetzt ist es vorüber, wird zugeschlossen u nur für andere aufgesperrt. Aber für mich kommt vielleicht in Syrakus noch Schöneres.

Es tut mir schrecklich leid, dass ich Euch das nicht verschaffen kann. Um das alles zu 7, zu 5 oder auch nur zu 3 – kurz zu undici, dodici, tredici – zu genießen, hätte ich nicht Psychiater u angeblich Gründer einer neuen Richtung in der Psychologie, sondern Fabrikant von irgend etwas allgemein Brauchbarem, wie Klosettpapier, Zündhölzchen, Schuhknöpfen werden müssen. Zum Umlernen ist [es] jetzt lang zu spät, u so genieße ich es weiter, egoistisch, aber unter prinzipiellem Bedauern, allein.

Was wissen wir von gutem Essen u von edlem Wein! Es ist fürchterlich behaglich u unglaublich schön.

Es ist mir sehr natürlich in Rom zu sein, gar kein Fremdgefühl. Befinde mich auch sehr wohl, als man nach solcher Reise u Nacht nur verlangen kann. Das Wetter ist milde, etwas bewölkt, gestern abends war es frisch kalt wie an unserem lieben See.

Ich werde Euch täglich schreiben, aber nur sehr wenig, denn ich fühle, wie mich das Behagen an der Faulheit umschließt.

Rom war gewiss für mich das Beste. Ich genieße es wie nie zuvor, wahrscheinlich auch weil ich so herrlich wohne. Mein Altersplan steht fest; nicht Cottage, sondern Rom. Es wird Dir u Minna ebenso gut gefallen.

Von der Lieblichkeit des Wetters, Sonne, Wind u frische Luft kann ich dir keine andere Vorstellung geben, als indem ich dich auf San Cristoforo verweise. Das Hotel misst sich an Behaglichkeit mit Klobenstein. Ferenczi hat mich nicht verlassen, sondern ist, seitdem ich wieder brauchbar bin, ein anregender, verständnisvoller Gesellschafter geworden. Zärtlich ist er immer. [...] Ich habe mich auch noch nie so gepflegt u so arbeitslos nur nach Wunsch u Behagen gelebt.

Vertrauend auf diese Einigung der Kulturvölker haben ungezählte Menschen ihren Wohnort in der Heimat gegen den Aufenthalt in der Fremde eingetauscht und ihre Existenz an die Verkehrsbeziehungen zwischen den befreundeten Völkern geknüpft. Wen aber die Not des Lebens nicht ständig an die nämliche Stelle bannte, der konnte sich aus allen Vorzügen und Reizen der Kulturländer ein neues größeres Vaterland zusammensetzen, in dem er sich ungehemmt und unverdächtigt erging. Er genoss so das blaue und das graue Meer, die Schönheit der Schneeberge und die der grünen Wiesenflächen, den Zauber des nordischen Waldes und die Pracht der südlichen Vegetation, die Stimmung der Landschaften, auf denen große historische Erinnerungen ruhen, und die Stille der unberührten Natur. Dies neue Vaterland war für ihn auch ein Museum, erfüllt mit allen Schätzen, welche die Künstler der Kulturmenschheit seit vielen Jahrhunderten geschaffen und hinterlassen hatten. Während er von einem Saale dieses Museums in einen andern wanderte, konnte er in parteiloser Anerkennung feststellen, was für verschiedene Typen von Vollkommenheit Blutmischung, Geschichte und die Eigenart der Mutter Erde an seinen weiteren Kompatrioten ausgebildet hatten. Hier war die kühle unbeugsame Energie aufs höchste entwickelt, dort die graziöse Kunst, das Leben zu verschönern, anderswo der Sinn für Ordnung und Gesetz oder andere der Eigenschaften, die den Menschen zum Herrn der Erde gemacht haben.

Vergessen wir auch nicht, dass jeder Kulturweltbürger sich einen besonderen »Parnass« und eine

»Schule von Athen« geschaffen hatte. Unter den großen Denkern, Dichtern, Künstlern aller Nationen, hatte er die ausgewählt, denen er das Beste zu schulden vermeinte, was ihm an Lebensgenuss und Lebensverständnis zugänglich geworden war, und sie den unsterblichen Alten in seiner Verehrung zugesellt wie den vertrauten Meistern seiner eigenen Zunge. Keiner von diesen Großen war ihm darum fremd erschienen, weil er in anderer Sprache geredet hatte, weder der unvergleichliche Ergründer der menschlichen Leidenschaften, noch der schönheitstrunkene Schwärmer oder der gewaltig drohende Prophet, der feinsinnige Spötter, und niemals warf er sich dabei vor, abtrünnig geworden zu sein der eigenen Nation und der geliebten Muttersprache.

VII

»Es kann dir nix g'scheh'n«

Das Leben ist jetzt bald um. Ich wüsste gerne […], wie es Dir geht.

Das Wichtigste ist zu wissen, ob Euer Gnaden zur Hölle gefahren ist oder nicht? Wenn dies, dann will ich keine Antwort.

Postscriptum. Mir zuzumuten, dass ich Neujahr übersehen habe, heißt mir eine Geschmacklosigkeit zumuten, von der ich mich vollkommen frei weiß. Man macht der Religion nur mit Unrecht den Vorwurf, dass sie metaphysischen Wesens sei und ihr die sinnliche Gewissheit fehle. Die Religion wendet sich vielmehr ausschließlich an die Sinne, und selbst der Gottesleugner, der das Glück hat, einer leidlichen frommen Familie anzugehören, kann den Feiertag nicht leugnen, wenn er einen Neujahrstagbissen zum Munde führt. Man kann sagen, dass die Religion, mäßig genossen, die Verdauung reizt, aber im Übermaß sie schädigt. Schon Goethe wusste ›Nichts ist schwerer zu ertragen, als eine Reihe von Feiertagen‹. Und wie das? Ganz natürlich, der Mensch verdirbt sich eben den Magen. Es ist auch merkwürdig, wie sich gewisse Feiertage durch eine ganz besondere religiöse Wirkung auf die Unterleibs-Organe auszeichnen. Z. B. wirken die Ostern verstopfend durch ungesäuertes Brod und harte Eier. Jom Kippur* ist ein so funester Tag, nicht so sehr durch Gottes Zorn, als durch das Zwetschkenmus, das die Ausleerungen treibt. Trotzdem reichen solche Kennzeichen nicht aus, alle Feiertage von einander zu unterscheiden, und ein Empiriker wie ich, wird noch oft, wie auch dies Jahr, Neujahr und Purim** verwechseln, weil an beiden eben nichts Spezifisches gegessen wird. Heute aber belehrt mich das Röcheln von 2 Fischen und einer Gans draußen in der Küche, dass der Versöhnungstag bevorsteht. (Ich übertreibe aber der Anschaulichkeit halber, denn die Bestien sind tot ins Haus gekommen.) Wie sehr die Allianz zwischen der Religion und dem Magen aber zum Vorteil der ersteren anschlägt, ist auf einen Blick gar nicht zu übersehen. Ich glaube, der Magen machte Revolution, wenn man die Religion abschaffen würde, und was das heißen will, mag man bedenken; es gibt Leute, die den Magen ohne weitere Verbündete für fähig halten, die Welt zu

* Versöhnungstag; letzter und heiligster der an Neujahr beginnenden 10 Bußtage.

** Jüdisches Freudenfest, das an die Errettung der Juden vor dem persischen König Ahasver durch Esther und Mardochai erinnert.

beherrschen. Vielleicht ist in dieser Allianz zwischen Verdauung und Erbauung die Ursache zu suchen, warum den Pfaffen die Frömmigkeit so wohl anschlägt – aber wir verlieren uns da in kulturhistorische Fragen, die uns eigentlich nichts angehen. Die Wahrheit ist, das Essen ist der hartnäckigste Gebrauch. Unsere Feste haben unsere Dogmatik längst überlebt, wie der Leichenschmaus den Toten. Und die Frage, was der letzte Mensch tun wird, kann ich beantworten, was der erste getan hat: er wird essen. So essen wir denn mit an Sonn- und Feiertagen, aber mit dem Unterschied, dass wenn die Frommen meinen, sie hätten ein gutes Werk getan, wir Weltkinder uns bewusst sind: wir haben eine gute Schüssel gegessen.

Die Teleologen haben zwar herausgeklügelt, dass auch das Lamm nicht so unglücklich sei, wenn es geschlachtet, und der Esel, wenn er geschlagen würde, weil sie Geduld besäßen. Man muss aber bedenken, dass Geduld weder ein Narkotikum noch ein schmerzstillendes Mittel, sondern einfach ein Schwächezustand ist.

Es gibt auch kein Sprichwort, das uns versichern würde, das Schwein oder die Gans träumen vom Geschlachtetwerden.

Ich habe mir die letzten Wochen mit Lesen afrikanischer Entdeckungsreisen verschönert. Ich las Baker, Schweinfurth und Stanley. Es ist eine reizende Lektüre, hat nur etwas von der Eigentümlichkeit jener Märchen, in denen der Königssohn einen grässlichen Drachen und unüberwindlichen Zauberer nach dem anderen mit einem Schwerthieb spaltet, bis die grässlichsten feindlichen Ungeheuer aufhören, uns bange zu machen, weil wir aus Erfahrung geneigt, sie auf die leichte Seite zu nehmen. Keiner der modernen Reisenden, der seine 100–200 Stück Wilde tötet, wird auch nur verwundet von einem Pfeil. Man sieht, dass es doch einen Gott gibt. In neuester Zeit werden allerdings einige erschlagen. Insofern kommt doch etwas Ernst in die Geschichte.

Wenn ich am Ende eines Romankapitels den Helden bewusstlos, aus schweren Wunden blutend verlassen habe, so bin ich sicher, ihn zu Beginn des nächsten in sorgsamster Pflege und auf dem Wege der Herstellung zu finden, und wenn der erste Band mit dem Untergange des Schiffes im Seesturme geendigt hat, auf dem unser Held sich befand, so bin ich sicher, zu Anfang des zweiten Bandes von seiner wunderbaren Rettung zu lesen, ohne die der Roman ja keinen Fortgang hätte. Das Gefühl der Sicherheit, mit dem ich den Helden durch seine gefährlichen Schicksale begleite, ist das nämliche, mit dem ein wirklicher Held sich ins Wasser stürzt, um einen Ertrinkenden zu retten, oder sich dem feindlichen Feuer aussetzt, um eine Batterie zu stürmen, jenes eigentliche Heldengefühl, dem einer unserer besten Dichter den köstlichen Ausdruck geschenkt hat: »Es kann dir nix g'schehen.« (Anzengruber.) Ich meine aber, an diesem verräterischen Merkmal der Unverletzlichkeit erkennt man ohne Mühe – Seine Majestät das Ich, den Helden aller Tagträume wie aller Romane.

»Ich habe mich schon lange daran gewöhnt, tot zu sein.«

Die Wahrheit ist, dass die Nürnberger keinen henken, den sie nicht zuvor in die Hand bekommen haben.

Der Humor ist die genügsamste unter den Arten des Komischen; sein Vorgang vollendet sich bereits in einer einzigen Person […].

Der gröbste Fall des Humors, der sogenannte Galgenhumor, mag uns darüber belehren. Der Spitzbube, der am Montag zur Exekution geführt wird, äußert: »Na, diese Woche fängt gut an.« […] Derselbe Fall, wenn er sich auf dem Wege zur Hinrichtung ein Halstuch für seinen bloßen Hals ausbittet, um sich nicht zu verkühlen, eine Vorsicht, die sonst ganz lobenswert wäre, bei dem nahe bevorstehenden Schicksal dieses Halses aber ungeheuer überflüssig und gleichgültig ist. Man muss sagen, es steckt etwas wie Seelengröße in dieser *blague*, in solchem Festhalten seines gewohnten Wesens und Abwenden von dem, was dieses Wesen umwerfen und zur Verzweiflung treiben sollte.

Eine ähnliche komische Geschichte wäre die, dass sich in einem ungarischen Dorf der Schmied ein todwürdiges Verbrechen habe zuschulden kommen lassen, der Bürgermeister aber habe beschlossen, zur Sühne nicht den Schmied, sondern einen Schneider aufhängen zu lassen, denn es wären zwei Schneider im Dorfe ansässig, aber kein anderer Schmied, und Sühne müsste sein.

Friedrich der Große hört von einem Prediger in Schlesien, der im Rufe steht, mit Geistern zu verkehren; er lässt den Mann kommen und empfängt ihn mit der Frage: »Er kann Geister beschwören?« Die Antwort war: »Zu Befehl, Majestät, aber sie kommen nicht.«

Der König besucht in seiner Herablassung die chirurgische Klinik und trifft den Professor bei der Vornahme der Amputation eines Beines, deren einzelne Stadien er nun mit lauten Äußerungen seines königlichen Wohlgefallens begleitet. »Bravo, bravo, mein lieber Geheimrat.« Nach vollendeter Operation tritt der Professor an ihn heran und fragt, sich tief verneigend: »Befehlen Majestät auch das andere Bein?«

Erspartes Mitleid ist eine der häufigsten Quellen der humoristischen Lust. Der Humor Mark Twains arbeitet gewöhnlich mit diesem Mechanismus. Wenn er uns aus dem Leben seines Bruders erzählt, wie dieser als Angestellter einer großen Wegbauunternehmung durch die vorzeitige Explosion einer Mine in die Luft zu fliegen kam, um weit entfernt von seinem Arbeitsorte wieder zur Erde zu kommen, so werden unvermeidlich Regungen des Mitgefühls für den Verunglückten in uns wach; wir möchten fragen, ob ihm bei seinem Unfall kein Schaden geschehen ist; aber die Fortsetzung der Geschichte, dass dem Bruder ein halber Tag Arbeitslohn abgezogen wurde »wegen Entfernung vom Arbeitsorte«, lenkt uns vollständig vom Mitleid ab und macht uns beinahe ebenso hartherzig wie jene Unternehmer.

Die Versöhnungsgebräuche auf der Insel Timor, nachdem eine siegreiche Kriegerschar mit den abgeschnittenen Köpfen der besiegten Feinde zurückkehrt, sind darum besonders bedeutsam [...]. Es wird ein Tanz aufgeführt, und dabei ein Gesang vorgetragen, in welchem der erschlagene Feind beklagt und seine Verzeihung erbeten wird: »Zürne uns nicht, weil wir deinen Kopf hier bei uns haben; wäre uns das Glück nicht hold gewesen, so hingen jetzt vielleicht unsere Köpfe in deinem Dorf. Wir haben dir ein Opfer gebracht, um dich zu besänftigen. Nun darf dein Geist zufrieden sein und uns in Ruhe lassen. Warum bist du unser Feind gewesen? Wären wir nicht besser Freunde geblieben? Dann wäre dein Blut nicht vergossen und dein Kopf nicht abgeschnitten worden.«

Andere Völker haben das Mittel gefunden, um aus ihren früheren Feinden nach deren Tod Freunde, Wächter und Beschützer zu machen. Es besteht in der zärtlichen Behandlung der abgeschnittenen Köpfe, wie manche wilde Stämme Borneos sich deren rühmen. Wenn die See-Dayaks von Sarawak von einem Kriegszug einen Kopf nach Hause bringen, so wird dieser Monate hindurch mit der ausgesuchtesten Liebenswürdigkeit behandelt und mit den zärtlichsten Namen angesprochen, über die ihre Sprache verfügt. Die besten Bissen von ihren Mahlzeiten werden ihm in den Mund gesteckt, Leckerbissen und Zigarren. Er wird wiederholt gebeten, seine früheren Freunde zu hassen und seinen neuen Wirten seine Liebe zu schenken, da er jetzt einer der Ihrigen ist.

Zu dem ungläubigen und schwerkranken Versicherungsagenten wird auf Betreiben der Angehörigen ein frommer Mann gebracht, der ihn vor seinem Tode bekehren soll. Die Unterhaltung dauert so lange, dass die Wartenden Hoffnung schöpfen. Endlich öffnet sich die Tür des Krankenzimmers. Der Ungläubige ist nicht bekehrt worden, aber der Pastor geht versichert weg.

Was den Tod eines anderen betrifft, so wird der Kulturmensch es sorgfältig vermeiden, von dieser Möglichkeit zu sprechen, wenn der zum Tode Bestimmte es hören kann. Nur Kinder setzen sich über diese Beschränkung hinweg; sie drohen einander ungescheut mit den Chancen des Sterbens und bringen es auch zustande, einer geliebten Person dergleichen ins Gesicht zu sagen, wie z.B.: Liebe Mama, wenn du leider gestorben sein wirst, werde ich dies oder jenes.

Dem Verstorbenen selbst bringen wir ein besonderes Verhalten entgegen, fast wie eine Bewunderung für einen, der etwas sehr Schwieriges zustande gebracht hat. Wir stellen die Kritik gegen ihn ein, sehen ihm sein etwaiges Unrecht nach, geben den Befehl aus: *de mortuis nil nisi bene**, und finden es gerechtfertigt, dass man ihm in der Leichenrede und auf dem Grabsteine das Vorteilhafteste nachrühmt.

Im »Père Goriot« spielt Balzac auf eine Stelle in den Werken J.J. Rousseaus an, in welcher dieser Autor den Leser fragt, was er wohl tun würde, wenn er – ohne Paris zu verlassen und natürlich ohne entdeckt zu werden – einen alten Mandarin in Peking durch einen bloßen Willensakt töten könnte, dessen Ableben ihm einen großen Vorteil einbringen müsste. Er lässt erraten, dass er das Leben dieses Würdenträgers für nicht sehr gesichert hält. *»Tuer son mandarin«* ist dann sprichwörtlich geworden für diese geheime Bereitschaft auch der heutigen Menschen.

Es gibt auch eine ganze Anzahl von zynischen Witzen und Anekdoten, welche nach derselben Richtung Zeugnis ablegen, wie z.B. die dem Ehemanne zugeschriebene Äußerung: Wenn einer von uns beiden stirbt, übersiedle ich nach Paris. Solche

* Lat.: Über Tote (soll) nur in guter Weise (gesprochen werden).

zynische Witze wären nicht möglich, wenn sie nicht eine verleugnete Wahrheit mitzuteilen hätten, zu der man sich nicht bekennen darf, wenn sie ernsthaft und unverhüllt ausgesprochen wird. Im Scherz darf man bekanntlich sogar die Wahrheit sagen.

Der Hut als Symbol des Genitales, vorwiegend des männlichen, ist durch die Erfahrung der Traumanalysen hinreichend sichergestellt. Man kann aber nicht behaupten, dass dieses Symbol zu den begreiflichen gehört. In Phantasien wie in mannigfachen Symptomen erscheint auch der Kopf als Symbol des männlichen Genitales, oder wenn man will, als Vertretung desselben. Mancher Analytiker wird bemerkt haben, dass seine zwangsleidenden Patienten ein Maß von Abscheu und Entrüstung gegen die Strafe des Köpfens äußern wie weitaus gegen keine andere Todesart [...].

Es könnte nun sein, dass die Symbolbedeutung des Hutes sich aus der des Kopfes ableitet, insofern der Hut als ein fortgesetzter, aber abnehmbarer Kopf betrachtet werden kann.

Es bleibt wahr, was der Kustos von St. Denis der Erzählung von dem Martyrium des Heiligen anzufügen pflegte. St. Denis soll, nachdem ihm der Kopf abgeschlagen worden, diesen aufgehoben und mit ihm im Arm noch ein ganzes Stück gegangen sein. Der Kustos aber bemerkte hiezu: »Dans des cas pareils, ce n'est que le premier pas qui coute. In derartigen Fällen ist nur der erste Schritt schwierig. Das Weitere findet sich.«

Der Satz: alle Menschen müssen sterben, paradiert zwar in den Lehrbüchern der Logik als Vorbild einer allgemeinen Behauptung, aber keinem Menschen leuchtet er ein.

Auf italienischen Landstraßen zeigen die Leitungsträger die knappe und eindrucksvolle Aufschrift: *Chi tocca, muore*. Das reicht vollkommen hin, um das Benehmen der Passanten gegen herabhängende Drähte zu regeln. Die entsprechenden deutschen Warnungen sind von einer überflüssigen und beleidigenden Weitschweifigkeit: Das Berühren der Leitungsdrähte ist, weil lebensgefährlich, strengstens verboten. Wozu das Verbot? Wem sein Leben lieb ist, der erteilt es sich selbst, und wer sich auf diesem Wege umbringen will, der fragt nicht nach Erlaubnis.

Textnachweise

Die in der vorliegenden Ausgabe wiedergegebenen Texte Sigmund Freuds folgen der Edition:

> Sigmund Freud: Gesammelte Werke. Chronologisch geordnet. 18 Bände mit Registerband. Unter Mitw. von Marie Bonaparte, Prinzessin Georg von Griechenland, hrsg. von Anna Freud, E. Bihring, W. Hoffer, E. Kris, O. Isakower. Frankfurt a. M.: S. Fischer, 1960.

Auf sie wird im Folgenden unter Angabe des Bandes und der Seitenzahl verwiesen.

Die Briefe Freuds werden unter Angabe der Sigle und Seitenzahl nach folgenden Ausgaben zitiert:

Bi S. F. / Ludwig Binswanger: Briefwechsel 1908–1938. Hrsg. von Gerhard Fichtner. Frankfurt a. M.: S. Fischer, 1992. – © 1992 S. Fischer Verlag GmbH, Frankfurt am Main.

Fe S. F. / Sándor Ferenczi: Briefwechsel. Bd. 1,1: 1908–1911. Hrsg. von Eva Brabant, Ernst Falzeder, Patrizia Giampieri-Deutsch. Unter der wissenschaftlichen Leitung von André Haynal. Transkription von Ingeborg Meyer-Palmedo. Wien/Köln/Weimar: Böhlau, 1993. – © 1993 Böhlau Verlag GmbH & Co. KG, Wien.

Fl Briefe an Wilhelm Fließ. 1887–1904. Ungek. Ausg. Hrsg. von Jeffrey Moussaieff Masson. Bearb. der deutschen Fassung von Michael Schröter. Transkription von Gerhard Fichtner. Frankfurt a. M.: S. Fischer, 1986.

R Unser Herz zeigt nach dem Süden. Reisebriefe 1895–1923.

Hrsg. von Christfried Tögel unter Mitarb. von Michael Molnar. Berlin: Aufbau-Verlag, 2002. – © 2002 Aufbau-Verlag GmbH, Berlin.

Si Jugendbriefe an Eduard Silberstein. 1871–1881. Hrsg. von Walter Boehlich. Frankfurt a. M.: S. Fischer, 1989. – © 1989 S. Fischer Verlag GmbH, Frankfurt am Main.

Die Texte wurden behutsam der neuen Rechtschreibung angeglichen und offensichtliche Fehler korrigiert.

I

»Das Lachen gehört zu den im hohen Grade ansteckenden Äußerungen«

29 1 6,13 | 2 6,7 f. | 3 6,121 | **30** 1 14,542 | 2 6,142 | **31** 1 6,21 | 2 6,174 | **33** 1 Si,74 | 2 6,60 f. | **34** 1 6,62 | 2 6,65 | **35** 1 6,66 | 2 6,68 | **36** 1 6,119 | 2 6,68 | 3 6,51 | **37** 1 6,58 | 2 6,63 | **38** 1 6,65 f. | 2 6,59 | **39** 1 6,50 | 2 6,77 | 3 6,77 | **40** 1 6,84 | 2 6,123 f. | 3 6,124

II

»Dann aber sind Tatsachen zum Vorschwein gekommen«

41 1 4,62 | 2 4,78 | 3 4,79 | 4 4,79 | **42** 1 4,79 | 2 4,79 | 3 4,81 | 4 4,85 f. | **43** 1 4,86 | 2 4,88 | **44** 1 4,89 | 2 4,93 | 3 4,88 | **45** 1 4,96 | 2 4,97 f. | **46** 1 4,100 | 2 4,101 | 3 4,105 | **47** 1 4,105 | 2 4,141 | **48** 1 4,174 | 2 4,194 f. | **49** 4,195 | **50** 1 4,199 f. | 2 4,219 f. | 3 4,228 | **51** 1 4,239 | 2 4,247 | **52** 1 4,154 | 2 4,264 | **54** 2,504 | **55** 11,24 | **56** 1 11,27 | 2 11,27 | 3 11,36 | 4 11,52 | **57** 11,52 f.

III

Diesseits des Lustprinzips

58 10,52 | **59** 1 Si,114 | 2 1,507 | **60** 1 Fl,152 | 2 8,42 | **61** 13,99 f. | **62** 1 14,234 | 2 14,235 | **63** 1 7,174 | 2 Fl,148 | 3 Fl,312 ff. | **64** 1 5,235 | 2 16,4 | 3 16,9 | **65** 1,505 f. | **66** 1 2,578 | 2 8,340 | **67** 1 8,343 | 2 7,163 | **68** 1 8,344 f. | 2 1,501 f. | **69** 1 4,8 | 2 5,136 | **70** 1 8,166 | 2 8,291 f. | 3 8,90 | 4 4,26 f. | **72** 1 5,61 | 2 5,214 | 3 5,260 | 4 7,40 | 5 7,151 | **73** 1 8,263 | 2 17,74 | 3 11,332 | 4 5,153 | 5 5,210 | **74** 1 7,239 | 2 11,333 | **75** 1 5,108 f. | 2 13,122 | **76** 1 13,123 f. | 2 10,229 | 3 5,109 | **77** 5,110 | **78** 1 10,214 | 2 5,111 | **79** 5,112 | **80** 1 5,114 | 2 5,122 | **81** 1 10,248 | 2 17,73 | 3 11,335 | 4 10,248 | 5 10,365 | **82** 11,155 ff. | **85** 1 11,195 | 2 11,157 ff. | **87** 1 11,197 | 2 8,106 | **88** 2,376

IV

Das in einem entscheidenden Punkt verkürzte Geschlecht

89 1 1,494 | 2 1,326 | **90** 1 1,328 | 2 2,360 | **91** 1 Fl,117 | 2 5,51 | **92** 5,129 | **93** 1 5,246 | 2 5,42 | 3 7,162 | **94** 1 8,68 | 2 8,70 | **95** 8,113 | **96** 8,118 | **97** 1 8,206 f. | 2 8,300 | 3 8,449 f. | **98** 8,472 | **99** 1 10,26 | 2 10,166 f. | 3 10,319 | **100** 11,20 | **101** 1 12,161 | 2 12,162 | 3 12,171 | **102** 12,171 f. | **103** 1 12,172 | 2 12,174 | 3 13,152 | **104** 1 13,257 f. | 2 2,338 | 3 2,368 | **105** 1 10,405 | 2 13,297 | 3 13,297 f. | **106** 13,400 | **107** 1 14,153 | 2 17,134 | 3 17,241 | **108** 1 14,24 | 2 14,265 | 3 14,294 | **109** 1 14,314 f. | 2 15,120 f. | **110** 15,122 f. | **112** 1 15,124 | 2 15,125 f. | **114** 15,135 | **115** 15,137 f. | **116** 15,142 | **117** 6,107 | **118** 1 15,143 | 2 14,26 f. | **119** 14,29 f. | **120** 1 15,145 | 2 16,97 | 3 16,98 | **121** 14,463 | **122** 1 16,221 | 2 14,38 | 3 Fe,427

V

»Ich habe schon mit 6 Jahren an Erektionen gelitten«

123 1 8,43 | 2 5,133 | 3 5,125 | **124** 1 2,60 | 2 2,211 | 3 2,293 | 4 11,324 | **125** 1 12,259 | 2 5,123 | 3 6,164 | **126** 1 5,80 f. | 2 5,81 | **127** 1 5,82 | 2 8,187 f. | **128** 1 8,185 | 2 5,82 f. | **129** 1 11,325 | 2 5,212 | **130** 1 5,140 | 2 12,279 | 3 5,143 | 4 7,175 f. | **131** 1 7,188 | 2 9,159 | 3 10,101 | **132** 1 13,295 f. | 2 13,295 f. | **133** 7,23 | **134** 1 7,248 | 2 7,245 | **135** 1 7,251 f. | 2 7,254 f. | **136** 1 7,255 | 2 7,263 | **138** 1 7,266 | 2 7,267 | **139** 1 7,273 | 2 7,278 | 3 7,288 | 4 7,296 | **140** 7,306 f. | **142** 1 7,312 f. | 2 7,320 | 3 7,322 f. | **143** 7,328 | **144** 1 12,26 | 2 14,561

VI

»Unser Herz zeigt nach dem Süden«

145 16,256 | **146** 1 14,347 | 2 2,473 | **147** 1 2,469 | 2 R,43 | 3 R,56 | **148** 1 R,60 | 2 R,63 | 3 R,64 | 4 R,67 | 5 R,85 | **149** R,90 f. | **150** 1 Fl,337 | 2 2,237 | **151** Fl,337 f. | **152** 1 Fe,281 | 2 R,136 | **153** 1 R,141 | 2 R,143 | 3 R,153 f. | 4 R,165 | 5 R,183 | **154** 1 R,184 | 2 R,226 f. | **155** 1 R,228 | 2 R,230 f. | **156** R,231 ff. | **157** R,235 | **158** 1 R,242 | 2 R,244 | 3 R,251 | 4 R,253 | **159** 1 R,254 | 2 R,255 | 3 R,270 | 4 Bi,133 | 5 R,290 f. | **160** 1 R,296 f. | 2 R,291 f. | 3 9,343 | **161** 1 R,295 | 2 R,298 | 3 R,311 | **162** 1 R,316 | 2 R,322 | 3 R,329 | **163** 1 R,337 | 2 R,342 | 3 R,345 | **164** 1 R,349 f. | 2 R,363 | 3 R,364 | **165** 1 R,365 f. | 2 10,326 ff.

VII

»Es kann dir nix g'scheh'n«

168 1 Si,213 | 2 Si,15 | 3 Si,74 f. | **170** 1 Si,78 | 2 11,130 | **171** 1 Si,192 f. | 2 7,219 f. | **172** 1 7,112 | 2 7,357 | 3 6,261 f. | **173** 1 6,235 | 2 6,74 | **174** 1 77 f. | 2 6,262 f. | **175** 1 9,48 | 2 9,48 f. | **176** 1 10,314 | 2 10,342 | **177** 1 10,342 | 2 10,352 f. | **178** 1 10,394 f. | 2 17,44 | **179** 1 12,255 | 2 14,270

Verzeichnis der Abbildungen